기획자문 정재찬

서울대학교 국어교육과를 졸업하여 같은 학교 국어국문학과, 국어교육과에서 석
사와 박사 학위를 받았다. 2008년부터 한양대학교 국어교육과 교수로 재직 중이
다. 베스트셀러『시를 잊은 그대에게: 공대생의 가슴을 울린 시 강의』로 대중 곁
에 다가와, 시 읽는 기쁨을 가르쳐준 우리 시대의 시 에세이스트. 시는 물론, 인문
학, 예술, 대중문화에 이르기까지 풍요로운 콘텐츠로 구성된 그의 강연은 늘 즐거
움과 감동의 세계로 청중들을 이끈다. 다양한 방송과 매체 활동을 통해 대중에게
시심의 씨앗을 뿌리는 데도 애써왔다. 시의 힘과 아름다움을 통해 우리 사회에 공
감과 소통, 치유가 이루어지길 그는 꿈꾸고 있다.

옮긴이 박효은

프랑스어를 한국어로, 한국어를 프랑스로 옮기는 일을 한다. 현재는 바른번역에
서 번역 작업을 이어가고 있다. 옮긴 책으로『바보의 세계』,『오징어 게임 심리
학』,『지옥』,『숲속의 철학자』,『세상 친절한 이슬람 역사』,『시베리아의 숲에서』,
『평범하여 찬란한 삶을 향한 찬사』등이 있다.

더 나은 삶을 고민하는 _____님에게

Les Essais

Michel Eyquem
de Montaigne

일러두기

1. 이 책은 미셸 에켐 드 몽테뉴의 1595년 발행된 『에쎄Les essais』 1~3권 중에서 죽음과 삶에 대한 성찰이 담긴 대목을 추려 구성했으며, 번역서로는 가이 드 페르농Guy de Pernon이 편집하고 번역한 『에쎄』를 사용했다.
2. 외래 표기는 국립국어원의 외래어표기법을 따랐으나 통용되는 일부 표기는 허용했다.
3. 권말의 주는 도서의 이해를 돕기 위하여 추가한 옮긴이, 편집자 주이다.
4. 본문 고딕으로 표기한 문장은 도서의 이해를 돕기 위해 강조한 문장이다.

01

Essai

좋은 죽음에 관하여

미셸 에켐 드 몽테뉴 지음

박효은 옮김

정재찬 기획자문

arte

지금은 몽테뉴의 에세이를 읽어야 할 시간

정재찬(한양대 국어교육과 교수)

혹자는 요즘을 에세이의 전성시대라 일컫고, 누군가는 종말 시대라 부른다. 에세이 류의 책이 하루가 멀다 하고 쏟아져 나오는 반면, 정작 에세이다운 에세이는 만나보기 힘들다는 불만의 표현일 테다. 누구나 저자가 될 수 있는 시대의 어쩔 수 없는 빛과 그늘이라 하겠지만, 그렇다고 빛을 늘리는 일을 포기하거나 게을리할 수는 없다. 에세이의 원조, 몽테뉴의 『에쎄』를 새삼 돌아보고자 함도 예서 멀지 않다.

미셸 에켐 세뇨르 드 몽테뉴Michel Eyquem, Seigneur de Montaigne (1533~1592)라는 공식 이름에서 알 수 있듯이 그는 몽테뉴의 영주 가문에서 태어났다. 아버지는 아들 몽테뉴 교육에 각별한 관심과 애정을 쏟았다. 어릴 적부터 몽테뉴는 철저한 엘리트 교육을 받았다. 아버지는 그에게 라틴어만 사용하는 주변 환경을 제공하고, 가정교사에게는 모든 수업을 라틴어로만 진행하게 했다. 이러한 교육 덕분일까, 몽테뉴는 프랑스어보다 라틴어를 모어처럼 여기며 불과 여섯 살 나이에 명문 기숙학교에 들어가 12년 교육과정을 7년 만에 마치고 졸업한다. 그 후 대학에 입학해 법학을 전공, 스물한 살부터 법원에서 법관 생활을 시작한다.

과연 그의 에세이는 이처럼 귀족 같은 환경에서 영재로 자라나 훌륭한 교육을 받고 좋은 직업과 지위를 누린 덕에 가능했던 것일까. 사실 몽테뉴는 태어나자마자 성에서 멀리 떨어진 외딴 시골 가난한 벌목꾼의 오두막집에서 아주 소박하고 평범한 나날을 지냈다. 장차 자신이 돌보아야 할 평민의 삶을 어릴 적부터 이해하고 체득하며 자라나라는 아버지의 뜻이 담긴 조치였다. 라틴어를 모국어처럼 구사함으로써 당대 르네상스 지성에 친숙해진 것도 이러한 아버지의 교육 덕택이다. 훗날 유년 시절을 회상하며 몽테뉴는 부친에 대해서는 강요나 억압이 아닌 자발적 의지에 따라 배우게끔 해준 자상한 아버지로 기억하는 반면, 기숙학교 시절 스콜라 학자들로부터 받은 엄한 주입식 교육에 대해서는 부정적으로 평가했다. 학창 시절에는 문학과 연극만 좋아했다고 몽테뉴는 회상한다. 훗날 몽테뉴가 에세이스트가 되고 『에쎄』와 같은 작품을 남기게 된 데에는 오히려 이러한 성장 환경이 더 큰 영향을 미치지 않았을까.

세속적인 성공과 행복이 그를 에세이 창작으로 이끈 것도 아니었다. 보르도 고등법원의 법관으로 근무하던 시절, 거기서 그는 세 살 위 터울의 에티엔 드 라 보에시Étienne de La Boétie와 깊은 친교를 맺었다. 영혼의 단짝이었다. 몽테뉴는 그들의 만남이 신의 뜻에 따른 것이며, 책에서도, 웬만한 세상에서도 찾아볼 수 없을 정도로 충만하고 완전한 우정이요, 행운이라고 기록했다. 하지만 둘 사이는 오래가지 않았다. 만난 지 5년 만에 그 친구가 페스트에 걸려 사망했기 때문이다. 그로부터 5년 뒤에는 아버지가 돌아가시고, 이듬해에는 남동생마저 세상을 뜬다. 테니스를 치다 머리에 공을 맞았을 뿐인데 대여섯 시간 뒤에 졸도하더니 그만 죽고 만 것이다. 불행은 거기서 그치지 않았다. 여섯 명의 자녀를 두었건만 성인이 되기 전에 다섯을 연달아 잃고, 몽테뉴 자신마저도 낙마 사고로 목숨이 위태로운 고비를 겪었다.

생의 덧없음, 세속의 명리조차 죽음 앞에서 허망하기 짝이 없음을 깨달은 몽테뉴는 서른아홉 나이에 훌쩍 법관직을 떠나 아버지에게서 물려받은 몽테뉴 성으로 돌아온다. 그러고서는 둥근 성탑 건물에 꾸민 서재에 들어앉은 채 독서와 사색과 집필에 빠져든다. 글쓰기는 죽음에 맞서는 그 나름의 방식이었다. 그리고 깨닫는다. 글쓰기야말로 자신의 운명이었다는 것을. 몽테뉴를 에세이의 비조鼻祖로 만들어준 『에세』는 그렇게 탄생했다. 글을 쓰기 시작한 지 8년 만의 일이었다.

죽음이 좋은 것일까. 좋은 죽음이란 따로 존재하는 것일까. 죽음이라는 문제는 해결할 수도 없지만 외면할 수도 없다. 많은 자기계발서에 브레히트의 명언으로 알려진, "죽음을 그토록 두려워 말라. 못난 인생을 두려워하라"는 말도 오해되어서는 곤란하다. 희곡 『어머니』에 등장하는 그 대사는 죽음보다 못한 부조리한 삶의 현실, 굶주린 사람들과 굶주림을 가져온 사람들의 부패상을 고발하는 맥락에서 나온다. 죽음에 의연하기란 불가능하다. 심지어 썩 바람직한 일도 아니라고 몽테뉴는 말한다. 마지못한 수용이 아니라 완전한 수용이 필요할 뿐이다. 바랄 것은 고통없는 행복한 죽음이 아니다. 오로지 행복한 삶이 만족의 원천이 되어야 한다. 좋은 죽음은 대개 좋은 삶의 끝에 온다. 『좋은 죽음에 관하여』는 바로 이 『에쎄』의 일부를 이룬다.

'에쎄essais'라는 말은 '시험'이나 '실험', 일상어로 하자면 "이 음식 먹어봤어?"라고 할 때의 그런 '시도'에 가깝다. 음식 맛을 알려면 여러 음식에 도전하고 각각을 깊이 음미할 줄 알아야 하는 것처럼, 몽테뉴는 그렇게 자기 자신의 삶을 놓고 다양하게 사색하며 '시험'하는 '시도'를 했다. 에세이는 시도다. 그러니까 어떤 정답이나 확고한 결론을 갖고 써 내려가기보다는 이것저것 탐색하고 흔들려가면서 끊임없이 문제를 풀어가며 뭔가를 찾아가는 그 과정이 에세이에서는 소중하다.

그러므로 에세이의 첫 단추를 몽테뉴가 열었다는 것은 실로 고마운 일이다. 그 덕에 우리도 한번 에세이를 '시도'해볼 용기가 생겨나기 때문이다. 귀족이나 법관이 아니어도, 부모 잘 둔 영재가 아니어도, 오히려 불행이 몰려오고 상처투성이로 살아가더라도, 그러나 불평하거나 한탄하지 아니하며 오직 생에 대한 애정으로 내 삶의 문제에 관해 사색하고 성찰할 수 있는 자라면, 그 누구에게나 에세이의 세계는 활짝 열려 있는 것이다.

그렇지 않아도, 최근 고령화 사회에 진입한 탓일까, 출판계에는 어른, 늙음, 죽음에 관한 책들이 줄을 잇는다. 나쁘지 않다. 우리 사회가 삶을 진지하게 바라보고 있다는 증좌인 탓이다. 다만 유념하라. 몽테뉴는 고립에 가까운 고독을 택했다. 우리에게는 그가 고전이지만 그의 앞에는 또 다른 고전이 있어 그는 그것들을 섭렵했다. 그렇게 여러 해를 사색과 독서와 집필에 몰두했다. 비록 그 정도와 수준은 아니더라도 그런 저자가 되고자 한다면, 그런 저자로 충만한 진정한 에세이의 시대를 원한다면, 지금이야말로 몽테뉴의 에세이를 읽어야 할 때이다. 누구든 가까이 와서, 기꺼이 읽고 새로이 쓰라.

1장　　삶과 죽음은
어차피 그대의 것이 아니다

2장   인생의 파고가 높을 때,
우리는 진정한 삶을 배운다

3장   과거를 한탄하지 않고, 미래를 두려워하지도 않는다

4장　　우리는 태어나면서부터
　　　　죽음을 향해 간다

미래를 걱정하는 사람은 언제나 불행할 수밖에 없다.

— 세네카Lucius Annaeus Seneca[1]

삶과 죽음은
어차피 그대의 것이 아니다

내일을 걱정하며 밤새 뒤척이는 당신에게

　　　미래를 걱정하며 언제나 전전긍긍하는 인간을 나무라는 이들이 있다. 그들은 앞으로 다가올 일은 과거보다도 더욱 어쩔 도리가 없으니, 현재를 만끽하고 지금을 소중히 여길 줄 알아야 한다고 말한다. 미래를 염려하는 것은 사람들이 흔히 저지르는 실수다. 그러나 이러한 걱정은 자연스러운 본능이다. 생존을 위해서는 지식을 쌓기보다 미래를 위해 행동하는 것이 중요하다고 여기는 자연의 설계에 따라 많은 잘못된 생각 가운데서도 미래를 염려하는 그릇된 경향을 갖게 되었다.

　우리는 결코 제 집에 머무르지 못하고 언제나 저 너머를 서성댄다. 두려움, 욕망, 희망이 우리를 미래로 내몰고 현재의 의미를 앗아가는 바람에 가까운 미래만이 아니라 우리 자신이 더는 존재하지 않는 죽음 이후의 일까지 염려하며 현재를 제대로 살아내지 못한다.

> 미래를 걱정하는 사람은 언제나 불행할 수밖에 없다.
>
> — 세네카, 「루킬리우스에게 보내는 편지」

그래서 플라톤은 "네게 주어진 일을 행하고 너 자신을 알라"[2]
는 오래된 격언을 자주 이야기했다. 이 격언은 두 부분으로 이루
어져 있는데, 두 가르침 모두 우리가 실천해야 하는 의무이며 서
로 영향을 미친다.

자신에게 주어진 일을 하려면 우선 내가 누구인지, 나에게 적합한
일이 무엇인지를 아는 것이 가장 중요하다. 자신을 아는 사람은 타인의 일
에 신경 쓰지 않고 스스로를 사랑하며 무엇보다도 자신에게 집중한다. 그
는 쓸데없는 일이나 헛된 생각, 주장을 하지 않는다. 어리석은 사람
은 원하는 것을 얻어도 만족하지 못하지만, 지혜로운 사람은 자신이 가진
것에 만족하며 스스로에게 결코 실망하지 않는다.

> 쾌락주의 철학자 에피쿠로스는, 현자는 미래를 예측하지도
> 염려하지도 않는다고 말했다.
>
> — 키케로Cicero,[3] 『투스쿨룸 대화』

죽음 앞에서 우리는 모두 초심자

이성적 논리나 교훈의 중요성을 알고 있더라도 그것을 실제 행동으로 옮기기는 쉽지 않다. 우리가 원하는 방향으로 나아가려면 경험을 통해 영혼을 수련해야 한다. 그렇지 않으면 막상 행동해야 하는 순간이 왔을 때, 분명 당황하고 말 것이다. 그래서 가장 높은 수준의 지혜를 추구했던 철학자들은 그저 은신처에 숨어 운명의 시련을 기다리기만 하지 않았다. 그들은 시련에 맞서 싸운 경험이 부족하다면, 미래의 어려움에 대비해 오히려 먼저 나서서 기꺼이 시련을 맞이했다. 어떤 이는 자신을 단련하기 위해 부를 버리고 자발적으로 가난하게 살았고, 어떤 이는 고통에 익숙해지고 피로를 더 잘 견디기 위해 육체노동을 하며 금욕적이고 고된 삶을 자처했다. 그러나 우리가 수행해야 하는 가장 큰 과업인 죽음에 관해서라면, 그 어떤 수련도 아무런 소용이 없다……. 고통, 수치, 빈곤 그리고 이와 비슷한 불행에 대해서는 경험하고 습관으로 들여 자신을 단련할 수 있다. 그러나 죽음은 단 한 번만 경험할 수 있는 것이라, 죽음을 맞이할 때 우리는 모두 초심자일 수밖에 없다.

한때 자신이 살아갈 시간을 아끼고 아껴 죽음 그 자체를 경험하고 한껏 느껴보려 했던 이들이 있었다. 그들은 삶에서 죽음으로 가는 그 순간을 이해하기 위해 온 정신을 집중했다. 그러나 그 누구도 우리에게 돌아와 그 소식을 전해주지는 못했다.

남달리 기백 있고 강인했던 로마 귀족 율리우스 카누스는 잔인한 폭군인 칼리굴라 황제에게 미움을 사 사형 선고를 받았다. 카누스는 이미 여러 차례 용기 있는 모습을 보여준 바 있는데 그가 처형장에 가까이 다다랐을 때, 한 철학자가 그에게 물었다.

"카누스, 지금 기분은 어떤가? 무슨 생각을 하고 있나?"

카누스는 이렇게 대답했다.

"나는 이렇게 찰나와 같은 죽음의 순간에 영혼이 어떻게 움직이는지, 영혼이 육체를 떠날 때 내 의식이 남아 있을지 지켜보려고 하네. 지금 그 생각을 하고 있어. 만약 뭔가를 발견하면 친구들에게 내 영혼의 상태를 알려주겠네."

그는 죽기 '전까지' 철학을 한 것이 아니라 '죽어가는 순간에도' 철학을 했다. 그처럼 긴박한 상황에서도 죽음에서 교훈을 얻으려 하고 눈앞에 닥친 죽음이 아닌 다른 생각을 할 수 있다니, 그 얼마나 담대하고 고귀한 마음인가!

그는 돌아와 우리에게 죽음의 비밀을 말해주지 못했다. 하지만 죽음에 익숙해지는 방법, 말하자면 죽음을 '시험해볼' 수 있는 방법은 있다. 물론 온전하고 완벽하게 죽음을 경험해볼 수는 없지만 최소한 우리를 더 강하게 하고 자신을 신뢰할 수 있게 해줄 정도로는 경험해볼 수 있다. 이런 경험은 결코 헛된 일이 아닐 것이다. 다시 말해, 실제로 죽음에 이르지는 못해도 가까이 다가가 살펴볼 수는 있다. 죽음의 한가운데까지 가볼 수는 없더라도 적어도 그곳으로 향하는 여러 길들을 탐색해볼 수는 있다.

우리는 모두 같은 곳으로 떠밀려 간다네

키케로는 철학을 공부한다는 것은 죽음을 채비하는 것이라고 말했다. 사실 탐구와 사색은 어떤 면에서 우리 영혼을 육체와 분리시켜 마치 죽음과 비슷한 경험을 하게 해준다. 또한 이 세상의 모든 지혜와 사유는 결국 죽음을 두려워하지 않는 법을 가르쳐주는 것을 가장 큰 사명으로 삼는다.

만약 이성이 우리를 속이지 않는다면, 이성은 오직 만족만을 추구해야 한다. 이성의 책무는 결국 성경에서 말하는 것처럼 우리가 행복하고 안락하게 살아갈 수 있도록 하는 것이다. 이 세상에 대해 우리가 품을 수 있는 모든 관념은 결국 한곳을 가리킨다. 우리는 즐거움을 지향한다. 비록 거기 도달하는 방법이 제각각이라고 해도 말이다. 만약 그렇지 않다면 사람들은 단박에 그런 관념을 거부하고 말 것이다. 하기야 고통과 거북함을 지향하라고 하면 누가 그 말을 들으려고 하겠는가?

이 주제에 대한 여러 철학 학파 간의 논쟁은 사실상 말장난에 불과하다. 철학자는 오기를 부리고 짜증을 내는 등 그들의 고상한 이미지와 맞지 않는 모습을 자주 보인다. 그러나 그게 어떤 역할이든 간에 그런 와중에도 그는 자기 자신을 연기한다. 철학자가 뭐라고 말하든, 심지어 덕을 목표로 한다 해도, 궁극적인 지향점은 결국 감각적 쾌락이다. 철학자들이 그토록 불쾌해하는 이 단어를 그들의 귀가 따갑도록 계속해서 언급하는 일은 참으로 통쾌하다. 감각적 쾌락이 궁극의 즐거움, 더없는 만족을 의미한다면, 그것은 사실 다른 무엇도 아닌 덕에 매우 가깝다고 할 수 있다.

정신적 쾌락이 더 활기차고 강하고 튼튼하고 정력적이라면, 그것은 진정으로 더욱 감각적인 쾌락일 뿐이다. 그러니 우리는 쾌락을 말할 때 그 '강한 기운'에 이끌려 그 느낌을 미덕이라고 부르는 대신, 더 적절하고 자연스러우며 가벼운 '즐거움'이라는 단어로 불렀어야 했다.

그보다 차원이 낮은 쾌락, 즉 육체적 쾌락이 즐거움이라는 아름다운 이름을 가질 수 있었다면, 그것은 특권으로 거저 주어진 것이 아니다. 맞서 겨루어서 얻어낸 것이다. 육체적 쾌락은 미덕보다 더 큰 불편함과 고단함을 요구하기 때문이다. 그 쾌락의 맛은 순간적이고 변하기 쉬우며 더욱 취약할뿐더러 밤샘, 단식, 노동을 필요로 하며 땀과 피를 수반한다. 게다가 온갖 극심한 고통과 함께 때로는 과도한 만족감으로 인한 불편함도 따른다.

자연에서 서로 반대되는 것이 서로에게 활력을 주는 것처럼, 즐거움에 수반되는 불편함이 그 달콤함을 더욱 강하게 만든다고 생각하면 큰 오산이다. 덕의 경우도 마찬가지로, 불편함과 난관이 덕을 압도하여 덕을 너무 힘들고 도달할 수 없는 것으로 만들어서는 안 된다. 육체적 쾌락과 달리 덕을 추구할 때 따르는 어려움은 덕이 우리에게 선사하는 신성하고 완벽한 즐거움을 더욱 고귀하고 우아하게 만들어주며, 그것을 한층 고양시키기 때문이다.

덕을 위해 치른 대가와 그 이익을 따지는 자는 덕을 가까이할 자격이 없다. 그는 덕의 품격과 올바른 사용법을 알지 못한다. 덕을 추구하는 일이 험난하고 고되지만, 한편으로 즐겁다고 말하는 사람은 실제로 덕이 항상 불편함을 동반한다고 주장하려는 것일 수도 있다. 인간으로서 어떻게 그런 즐거움에 도달할 수 있겠는가? 흠잡을 데 없이 완벽한 사람도 덕을 갈망하고 그에 가까이 다가가는 데 만족할 뿐, 결코 덕에 도달하지는 못할 것이다…….

그러나 그들은 잘못 알고 있다. 모든 즐거움은 그것을 추구하는 행위 그 자체에 존재한다. 추구 대상의 가치는 그것을 향해 노력하는 행동의 가치와 직접적으로 연결된다. 말하자면, 시도 자체가 도달하고자 하는 결과에서 중요한 부분을 차지하며, 그 둘의 본질은 동일하다. 덕을 추구할 때 빛을 발하는 행복과 희열은 처음부터 끝까지 그 과정 전체를 가득 채운다. 덕의 가장 큰 효용 중 하나는, 죽음을 대수롭지 않게 받아들일 수 있게 해준다는 것이다. 죽음에 연연하지 않을 때 우리는 비로소 고요하고 평온하게 살아갈 수 있고, 삶에서 순수한 즐거움을 만끽할 수 있다. 죽음을 무시하지 못한다면, 다른 쾌락은 모두 시시하게 느껴질 뿐이다.

그러므로 모든 도덕적 계율은 죽음에 연연하지 말라는 한 가지로 수렴된다. 도덕적 계율이 한목소리로 고통이며 빈곤, 인생에서 맞닥 뜨리는 온갖 불행을 무시하라고 가르친다 해도, 이는 죽음과는 차원이 다른 문제이다. 그런 불행은 피할 수 있기 때문이다. 대부분은 가난을 겪지 않고 일생을 보내며,* 또 어떤 이는 평생 고통과 질병을 모른 채 살아간다. 고대 그리스 음악가 크세노필로스는 106세까지 천수를 누리지 않았던가. 게다가 최악의 경우, 원한다면 죽음으로써 상황을 끝내고 그 모든 불행에 종지부를 찍을 수 있다. 그러나 이때도 죽음만큼은 결코 피할 수 없다.

우리는 모두 같은 곳으로 떠밀려 간다네.
우리 모두의 운명이 항아리 속에서 흔들리고 있나니,

---

*   몽테뉴는 '대부분'이 가난을 겪지 않는다고 말했다. 과연 그랬을까? 더구나 그가 살던 시대에! 여기서 '대부분'이란 아마도 그와 형편이 비슷한 사람들 이었을 것이다.

운명은 이내 바깥으로 튀어나와 우리를 카론*의 배에 태워

영원한 죽음을 향해 가리라.

— 호라티우스Quintus Horatius Flaccus,[4] 『서정시』

따라서 우리를 두렵게 만드는 죽음은 어떤 방법으로도 달랠 수 없는 끝나지 않는 고통의 근원이다. 죽음은 어디에서든 닥쳐올 수 있다. 그래서 우리는 어딘가 불길해 보이는 장소에 있을 때처럼 연신 불안한 듯 고개를 돌릴 것이다. 죽음은 '탄탈로스**의 머리 위에 영원히 매달려 있는 바위'와 같다.

재판소에서는 흔히 죄인을 처형하기 위해 그가 범죄를 저지른 장소로 데려간다. 그곳으로 가는 동안 죄인은 아름다운 집들을 지나며 산책을 하고 좋아하는 음식을 마음껏 먹을 수 있다. 하지만 과연 그가 그런 것을 즐길 수 있을까? 그 여정의 최종 목적지가 눈앞에 내내 어른거려서 그 모든 즐거움에 대한 흥미가 변질되고 무뎌지지 않겠는가?

---

*   그리스 로마 신화에서 죄지은 영혼을 지옥으로 실어 나르는 '뱃사공'이다.

**   『영웅전Lucius Mestrius Plutarchus』 키케로 편, 제1권 18장에 따르면 그리스 신화에 등장하는 왕으로 제우스의 아들이기도 하다. 그는 인간에게 올림포스의 비밀을 폭로한 대가로 저승에서 형벌을 받는데, 물을 마시려고 연못에 다가가면 물이 말라서 바닥이 드러나고, 과일을 따 먹으려고 손을 뻗으면 나뭇가지가 멀리 달아나고, 머리 위에 바위가 매달려 있어 언제나 죽음의 공포에 시달려야 했다는 이야기 등이 널리 알려져 있다.

자신을 기다리고 있을 형벌을 생각하며 괴로움에 빠진 그는
그곳까지 가는 동안 안절부절못하며 날짜를 헤아려보고
남은 여정을 떠올리며 자신의 살날을 세어본다.
— 클라우디아누스Claudius,[5]『루피누스에 대하여』

우리 인생길의 마지막 목적지도 죽음이다. 그곳은 우리네 운명이 필연적으로 도달해야 하는 곳이다. 죽음이 우리를 두렵게 한다 해도, 열병에 걸릴 각오를 하지 않는다면 어떻게 앞으로 나아갈 수 있겠는가? 많은 사람이 죽음에 대해 생각하지 않음으로써 이 두려움을 피하려 한다. 그러나 얼마나 짐승같이 어리석으면 그토록 경솔할 수 있을까? 그것은 당나귀의 꼬리를 잡고 고삐를 당기는 것이나 마찬가지다.

그런 사람이 그토록 자주 덫에 걸리는 것은 놀랄 일이 아니다. 그런 이들은 죽음이라는 말을 듣기만 해도 두려움에 떨고, 대부분은 악마의 이름을 듣기라도 한 것처럼 성호를 긋는다. 또한 죽음이라는 단어가 유언장에 들어 있다는 이유로, 그들은 의사가 임종을 선고하기 전까지 유언장을 쓰는 것조차 꺼린다. 그래서 임종의 순간, 고통과 두려움 속에서 그들이 얼마나 올바른 판단을 내리는지는 신만이 알 수 있다!

로마인은 죽음이라는 단어의 음절이 너무나도 거칠고 불길하게 들린다면서, 죽음을 완곡하게 누그러뜨려 말하거나 에둘러 표현하려고 했다. 그들은 '죽었다'고 말하는 대신 '살기를 멈췄다'

라거나 '살았었다'처럼 완곡한 표현을 사용했다. 삶이라는 단어가 비록 과거형일지라도 그 단어가 그들에게 위안이 되었기 때문이다. 우리는 거기에서 착안해 '고故 아무개 선생'이라는 표현을 만들어냈다.

죽음은 늘 그렇듯 예상치 못한 순간 방문한다

사람들이 그러하듯, 죽음을 생각하지 않는 것은 그만한 가치가 있을지도 모른다. 나는 1533년 2월의 마지막 날, 11시에서 12시 사이에 태어났다(지금처럼 한 해가 1월에 시작된다고 계산하면).* 내가 서른아홉을 넘긴 것이 꼭 보름 전의 일이다. 그리고 내게는 적어도 그만큼의 시간이 더 필요하다…… 지금부터 그토록 먼 미래의 일을 생각하며 염려하는 것은 미친 짓이리라. 어쨌거나 젊은이든 노인이든 모두 같은 방식으로 삶을 마감하며, 그 순간은 우리가 태어나는 순간과 다르지 않다. 게다가 다 늙은

---

* 1567년이 되어서야 1월에 새해가 시작되었으며, 그전까지는 부활절에 새해가 시작되었다.

사람이라도 무드셀라*만큼은 못 살아도 자신에게 아직 20년은 더 남아 있다고 생각하지 않는가! 더구나 어리석고 가련한 자여, 그대의 삶이 언제 끝나는지를 누가 정한다는 말인가? 그대는 의사들이 하는 말에 매달리고 있다. 그보다는 차라리 현실과 경험을 바라보라. 지금을 있는 그대로 볼 때, 그대가 살아 있는 것 자체가 이미 놀라운 행운이 아닌가.

그대는 이미 평균적인 수명을 넘기고 지금껏 살아 있다! 근거가 필요하다면 그대가 아는 사람 가운데 그대보다 어린 나이에 죽은 이가 얼마나 많은지 헤아려보라. 그대보다 많은 나이에 죽은 이보다 그 수가 훨씬 많을 것이다. 또한 살아생전 명성을 떨쳤던 사람 가운데서도 목록을 작성해보라. 장담하건대 서른다섯 살 이후에 죽은 이보다 그전에 죽은 이가 더 많을 것이다. 예수 그리스도를 인간으로 간주하는 것이 타당하고 불경하지 않다면, 예수는 서른셋 젊은 나이에 숨을 거두셨다. 가장 위대한 인간이긴 해도 한낱 인간일 뿐인 알렉산드로스 대왕 역시 같은 나이에 죽었다.

죽음은 얼마나 많은 방법으로 우리를 불시에 습격하는가?

열병과 폐렴 등은 굳이 언급할 필요도 없다. 내 이웃이었던 클레멘스 교황**이 리옹에 입성했을 때, 브르타뉴 공작 장 2세가 군

---

* 구약성서에 등장하는 인물로 969세까지 살았다고 한다. - 옮긴이

** 1305년 교황에 즉위한 클레멘스 5세Clemens V는 보르도 지역의 대주교였다.

중에 떠밀려 압사할 줄 누가 상상이나 했겠는가? 우리 왕 중에 하나가 놀이를 즐기다가 죽는 것을 보지 못했는가?* 또 그의 선조 중 하나는 돼지와 부딪혀 넘어지는 바람에 죽지 않았던가?** 그리스 비극 3대 작가 중 한 명인 아이스킬로스는 집이 무너질지도 모른다는 위험을 감지하고 용케 바깥으로 나왔는데, 그의 대머리를 바위로 착각한 독수리가 사냥한 거북이의 등딱지를 깨기 위해 그의 머리 위로 거북이를 던져버리는 바람에 죽고 말았다.*** 또 다른 이는 포도알 하나 때문에 죽었다.**** 한 황제는 머리를 빗다가 빗에 긁혀 죽었다.***** 로마 장군 아이밀리우스 레피두스는 자기 집 문지방에 발을 찧는 바람에 죽었고, 로마 장군 아우피디우스는 평의회 회의소에 들어가려다 문에 부딪혀 죽었다.

그러나 그는 몽테뉴의 성에서 멀지 않은 빌랑드로에서 태어났기에, 몽테뉴는 자연스럽게 그를 '내 이웃'이라고 불렀다.

* 1559년 기마창 경기 중에 눈에 창을 맞아 사망한 앙리 2세Henri II를 말한다.
** 일명 뚱보왕 루이 6세의 아들 필리프Philippe de France(1116~1131)를 말한다. 그는 말을 타고 가는 도중 생 앙투안 거리에서 돼지와 부딪혔다. 이 일화는 한편으로 당시 파리의 거리 상태가 얼마나 열악했는지를 보여준다.
*** 아이스킬로스Aeschylos의 죽음에 관한 일화는 다양한 버전이 존재한다. 여기에 소개된 이야기는 고대 로마 작가 발레리우스 막시무스Valerius Maximus 버전이다.
**** 고대 로마 작가 발레리우스 막시무스에 따르면, 고대 그리스 시인 아나크레온Anacreon을 지칭한다.
***** 프랑수아 라블레François Rabelais의 『팡타그뤼엘 제4서』 17장에는 몽테뉴가 위에 언급한 죽음을 포함해 기이한 죽음의 사례가 제시되어 있다. 여기서 주목할 점은 몽테뉴가 회의적인 사람이었음에도 불구하고, 글로 쓰이기만 했다면 어떤 이야기든 '덮어놓고 믿는' 태도를 보였다는 것이다.

황망한 죽음의 사례도 있다. 플라톤 철학자 스페우시푸스와 우리 시대의 교황 중 하나*의 죽음이다. 베비우스라는 가엾은 판관은 고소인에게 일주일의 유예기간을 주었는데, 정작 그 자신은 그 기한이 끝나기도 전에 죽음을 맞았다. 어떤 의사는 환자의 눈을 치료하다가, 그 순간 영원히 눈을 감았다.

이에 더해 내 이야기를 해보자면, 내 아우 생 마르탱 대위는 스물셋의 나이에 이미 자신의 용맹함을 입증한 훌륭한 군인이었다. 그는 주드폼Jeu de paume**경기를 하다가 오른쪽 귀 조금 위쪽에 공을 맞았지만 겉보기에는 아무런 상처도, 멍도 없었다. 주저앉거나 쉬려고 하지도 않았다. 그러나 대여섯 시간이 지난 후, 그 충격으로 인한 뇌출혈 때문에 내 아우는 결국 죽고 말았다. 이런 일들이 우리 눈앞에서 밥 먹듯이 일어나는데, 죽음이 끊임없이 우리의 덜미를 잡는 것처럼 느껴지는 삶 속에서 어떻게 죽음에 대한 생각을 완전히 떨쳐버릴 수 있겠는가?

그러면 그대들은 내게 이렇게 말할 것이다. 어떻게 죽건 신경 쓰지 않으면 되지 않겠느냐고. 나 역시 같은 생각이다. 그리고 만약 죽음을 피할 수만 있다면, 어리석어 보일지라도 그 방법을 포기하지 않을 것이다. 하루하루를 편히 보내는 것만으로도 충분하기 때문이다. 또한 내가 그대들에게 그다지 명예롭지도, 모범

---

*   프랑스 카오르 출신의 교황 요한 22세Joannes XXII.
**   손바닥으로 공을 치는 경기로 테니스의 기원으로 알려져 있다.

적으로 보이지도 않는다 해도 나는 내가 할 수 있는 최선을 다하고 있다.

> 나의 결점이 내 마음에 들거나 나를 착각하게 할 수 있다면,
> 현자가 되어 괴로움 속에서 허우적대기보다
> 미치광이나 무능한 사람으로 보이는 편이 더 낫다.
>
> — 호라티우스, 『서간시』

그러나 죽음을 무시한다고 해서 두려움이 사라지는 것은 아니다. 사람들이 오고 가고, 뛰고, 춤을 추는 동안 죽음은 아무런 소식이 없다. 모든 것이 아름답기만 하다. 그러나 죽음이 다가와 그들 자신을, 혹은 아내를, 자식을, 친구를 불시에 손쓸 새도 없이 덮친다면, 얼마나 고통스럽겠는가! 얼마나 오열을 토해내겠는가! 얼마나 큰 분노와 절망이 그들을 짓누르겠는가! 그대들은 완전히 돌변하여 그토록 혼란스러워하는 사람을 한 번이라도 본 적이 있는가?

그러므로 죽음을 채비하기 위해서는 더욱 서둘러야 한다. 죽음을 무시하는 태도는 짐승 특유의 속성이지만, 설령 그런 무심함이 어떤 현자의 마음에 자리를 잡는다 해도, 내 생각에 그건 불가능에 가까울뿐더러 그로 인해 치러야 할 대가가 너무나도 혹독하다.

언제든 신발을 신고 떠날 준비를 해야 한다

피할 수 있는 적이라면, 비겁함이라는 무기라도 사용해보라고 조언하겠다. 그러나 죽음이라는 적에게는 이 무기가 통하지 않는다. 도망치는 겁쟁이든, 신의를 지키는 사람이든 죽음은 기어코 모두를 붙잡는다.

그러니 꿋꿋하게 적에게 맞서 싸우는 법을 배워야 한다. 그리고 일반적인 방식과는 다르게 우리의 약점을 노리는 죽음의 가장 유리한 조건을 무력화시켜야 한다. 죽음을 낯설어하지 않고 죽음을 연습하며 죽음에 익숙해지는 것이다. 죽음 이외에 다른 것은 염두에 두지 말고, 매 순간 죽음을 떠올리고 갖가지 상황을 상상해보자. 말이 날뛰거나, 지붕에서 기와가 떨어지거나, 핀에 살짝 찔릴 때마다 "그래, 이렇게 죽을 수도 있겠구나"라고 되뇌며 마음을 다잡아야 한다.

축제를 즐기고 즐거움을 만끽하면서도 우리의 처지를 상기시키는 이 구절을 항상 마음속으로 곱씹어보자. 이런 환희가 얼마나 쉽게 죽음에 의해 스러지는지, 얼마나 많은 곳에서 죽음의 위협을 받는지를 잊지 말아야 한다. 고대 이집트인이 진수성찬을 차리고 성대한 축제를 즐기는 가운데 해골을 전시한 것처럼, 우리도 즐거움 속에서도 죽음을 기억해야 한다.

죽음이 우리를 어디에서 기다리고 있을지 모르니, 우리가 먼저 죽음을 기다려보자. 죽음에 대해 생각하는 것은 자유를 예비하는 일이다. 죽음에 대해 알게 된 자는 예속에서 벗어난 자이다. 목숨을 잃는 것이 나쁜 것이 아니라는 것을 깊이 깨달은 자에게 인생의 고통이란 없다. 죽는 법을 알면 그 모든 예속이나 구속에서 해방된다.

솔직히 모든 일에 있어서 타고난 기질이 없다면, 예술과 재능은 멀리까지 뻗어 나가기가 어렵다. 나는 우울한 성격은 아니지만 몽상가에 가깝다고 할 수 있다. 나는 언제나 가장 많은 시간을 들여 죽음에 대해 생각한다. 심지어 인생이 가장 산뜻했던 시절에도 그랬다.

여인들에 둘러싸여 즐기고 있을 때 내가 질투나 불확실한 희망에 빠져 있을 거라 생각하겠지만, 사실 나는 그런 때에도 죽음을 생각한다. 여느 축제와 다를 바 없는 그곳에서 나와 마찬가지로 느긋하게 사랑이 넘치는 즐거운 시간을 만끽하고 나오던 길에 지독한 열병에 걸리는 바람에 얼마 못 가 죽은 사람을 떠올린다. 내게도 얼마든지 그런 운명이 닥칠 수 있으리라 생각하면서.

그렇지만 이제는 그런 생각 때문에 얼굴을 찌푸리지 않는다. 죽음을 상상할 때 처음에는 고통스럽지만 자주 생각하다 보면 결국 그것을 길들일 수 있다. 그러지 않았다면, 나는 끊임없이 공포와 불안에 시달렸을 것이다. 나만큼 내 삶을 의심하고, 나만큼 내 수명에 대해 헛된 기대를 품었던 사람도 없었으므로.

나는 지금껏 누려온 나의 건강을 자부하지만 그렇다고 내 삶이 길어지는 것은 아니다. 마찬가지로 질병에 걸렸다고 해서 내 삶이 짧아지는 것도 아니다. 나는 매 순간 사위어가는 듯하다. 그래서 나는 미래에 일어날 수 있는 일은 오늘도 일어날 수 있다는 말을 끊임없이 되새긴다. 사실 살아가면서 겪는 사건이나 위험은 딱히 우리의 죽음을 크게 앞당기지 않는다. 당장의 위협적인 위험이 아니라도, 우리 머리 위에 항상 많은 위험이 존재한다는 것을 잠시 떠올려보면, 건강할 때나 아플 때나, 바다에 있을 때나 집에 있을 때나, 전쟁 중일 때나 평화로울 때나 죽음은 언제나 우리 가까이에 있다는 사실을 깨닫게 된다. "인간은 모두 엇비슷하게 나약하고, 그 누구도 내일에 대해 더 큰 확신을 가질 수 없다.(세네카,『서간집』)"

죽기 전에 해야 할 일을 마무리하기 위한 시간은 설령 한 시간이 주어진다 해도, 항상 너무나 짧다는 생각이 든다. 얼마 전 누군가 내 원고를 뒤적이다가 내가 죽은 뒤에 사람들이 해줬으면

하는 일에 대해 적어둔 메모를 발견했다. 나는 그에게 솔직하게 말했다. 그때 나는 건강하고 활기가 넘쳤지만, 집에서 고작 10리 밖에 떨어지지 않은 곳에 있다가 집까지 갈 수 있을지 확신이 들지 않아서 그 자리에서 급히 그 메모를 썼노라고. 나는 이런 관념에 사로잡혀 있는 사람이자 그 관념을 내 안에 품고 있는 사람이다. 그래서 가능한 한 언제나 채비를 하고 있을 것이고, 죽음이 닥친다 해도 조금도 새삼스러울 것이 없을 것이다. 언제든 신발을 신고 떠날 준비를 해야 한다. 그리고 무엇보다도 그 순간에는 오로지 나 자신에게만 집중해야 한다.

너무 긴 호흡의 계획을 세우지 말 것

우리는 왜 지치지도 않고

이토록 짧은 생을 살아가며 그토록 많은 계획을 세우는가?

— 호라티우스, 『송가』

더 보태지 않아도 해야 할 일이 이미 차고도 넘치는데 말이다. 사람들은 각자 다른 이유로 죽음을 두려워한다. 어떤 이는 명예로운 승리를 이루지 못한 것을, 어떤 이는 딸을 혼인시키기 전에 떠나는 것을, 또 다른 이는 자녀들의 교육에 신경 써주지 못하고 가는 것을 슬퍼한다. 또는 존재 자체로 커다란 낙이 되어준 아내, 자식과 헤어지는 것을 안타까워하는 이들도 있다.

나는 다행히도 이 순간, 그분께서 원하시면 언제라도 아무런 후회 없이 떠날 준비가 되어 있다. 나는 내게 얽혀 있던 모든 인연에서 홀가분해졌다. 나는 나 자신을 제외하고 모두에게 작별인사를 해두었다. 누구도 나보다 더 간소하고 모자람 없이 세상을 떠날 준비를 하지 못했을 것이다. 또한 누구도 내가 노력한 만큼 세상의 모든 것에서 멀어지지 못했을 것이다. 가장 무심한 망자가 가장 건실하다.

너무 긴 호흡이 필요한 계획을 세워서는 안 된다. 그토록 커다란 열의를 갖고 시작한 계획의 끝을 보지 못한다면 무척 고통스러울 것이다. 우리는 행동하기 위해 태어났다. 나는 사람들이 적극적으로 행동하기를 바라고, 되도록 삶이라는 과업을 길게 연장하기를 바란다. 나는 정원에서 양배추를 심다가 죽음을 맞이하고 싶다. 그때 나는 죽음은 물론이거니와 미처 다 가꾸지 못한 내 정원 따위는 아랑곳하지 않으리라.

나는 우리 왕들 중 15대인지 16대 왕에 대해 집필하고 있던 역사책의 흐름을 자기 운명이 끊어버렸다며 임종 직전까지 줄곧 한탄하다 죽는 이를 보았다. 하지만 그는 이 말을 미처 덧붙이지 못했다.

그대가 소중한 모든 것들을 애석해한다 해도, 그것들은
그대를 따르지 않고 그대의 유골과도 함께하지 않으리.
— 루크레티우스 Lucretius [6]

이렇게 쓸데없는 해로운 생각은 떨쳐버려야 한다. 스파르타의 입법자 리쿠르고스가 말한 것처럼, 예배당 근처와 마을에서 사람이 가장 많이 왕래하는 장소에 묘지를 마련하여 백성과 여자들, 아이들이 망자 앞에서 겁먹지 않도록 죽음을 익숙하게 만들어야 한다. 유골이며 묘지, 장례 행렬을 계속 보게 하여 우리 처지를 망각하지 않게 해야 한다.

이집트인은 연회 후에 손님에게 죽음을 묘사한 거대한 그림을 보여주면서 이렇게 외치곤 했다.

"마시고 즐겨라, 그대도 죽으면 이렇게 될 것이니."

그래서 나 역시 죽음을 단순히 상상하는 데 그치지 않고 죽음을 끊임없이 입에 올리는 습관을 들였다. 사람들의 죽음만큼 내가 관심을 기울이는 일도 없다. 그들은 죽을 때 어떤 말을 하고, 어떤 얼굴과 태도를 보였을까? 나는 역사책에서 그 부분을 가장 유심히 본다. 내 글을 가득 채우고 있는 죽음에 대한 예시만 봐도, 이 주제에 대한 나의 애정이 얼마나 각별한지를 알 수 있다. 내가 책을 만드는 사람이라면, 온갖 종류의 죽음을 설명하는 사례집을 만들 것이다. 죽는 법을 가르치는 것은 곧 사는 법을 가르치는 것이나 마찬가지리라. 고대 그리스 철학자 디카이아르코스가 이런 종류의 책을 쓴 적이 있기는 하지만, 그 책에는 그다지 유용하지 않은 다른 목적이 있었다.

죽음의 현실은 상상을 훨씬 뛰어넘어서, 제아무리 훌륭한 검술을 연마해봤자 막상 죽음이 닥치면 아무런 소용이 없을 거라고 사람들은 말할 것이다. 그런 말에는 신경 쓰지 말자. 살아 있을 때 미리 죽음에 대해 생각하는 것은 분명 큰 도움이 된다. 최소한 죽음을 맞이할 때 큰 혼란이나 어려움을 겪지 않는 것만으로도 가치 있지 않겠는가?

그뿐이 아니다. 자연 역시 손을 내밀어 우리에게 용기를 북돋아준다. 만약 돌연한 죽음을 맞는다면 두려워할 시간조차 없을 것이다. 그렇지 않은 경우라면, 병세가 악화되는 자신의 모습을 보며 자연스레 삶에 대한 애착이 줄어들 것이다. 나는 건강할 때보다 아플 때 죽음을 받아들이기가 훨씬 더 쉽다는 것을 깨달았다. 또한 삶의 낙을 잃고 더는 즐거움을 느끼지 못하게 되면 그때부터 인생이 그다지 소중하지 않게 여겨지고, 그에 따라 죽음이 훨씬 덜 두렵게 느껴진다는 것도 알게 되었다.

그래서 나는 삶에서 멀어지고 죽음에 가까워질수록, 삶과 죽음을 맞바꾸는 일을 더 쉽게 받아들일 수 있으리라는 희망을 엿본다. 또한 나는 멀리서 보면 심각하게 보이는 것이 가까이에서 보면 대개 별것 아니라는 카이사르의 말을 수차례 몸소 경험했다.*

우리는 막상 병에 걸렸을 때보다 건강할 때 병을 훨씬 더 두려워한다. 희열과 즐거움을 느끼고 건강할 때는 그 반대 상태가 훨씬 더 고통스럽게 보이기 마련이다. 상상 속에서는 그 고통이 절

---

*   『갈리아 전기』에서 카이사르Gaius Julius Caesar는 정확하게 이렇게 말했다. "우리 눈앞에 보이지 않는 위험이 대개 가장 위험하다."

반쯤 더 크게 부풀려져 병환이 실제로 어깨에 내려앉을 때보다 훨씬 더 고통스럽게 느껴진다. 바라건대, 죽음도 그런 것이라면 좋겠다.

삶이 언제 끝나든,
그대의 삶은 이미 완전하다

그대가 향유하는 모든 것은 생명에서 가로챈 것이며, 그 희생으로 이루어졌다. 그대가 살아가며 끊임없이 계속하는 일은 결국 죽음을 향해 가는 과정이다. 살아 있는 동안에도 그대는 죽음 속에 있다. 죽음에서 벗어났다고 생각한다면, 그것은 이미 살아 있지 않다는 뜻이다. 아니면 차라리 이렇게 말할 수도 있다. 삶이 끝나면 그대는 죽는다. 하지만 살아 있는 중에도 그대는 죽어가고 있고, 죽음은 이미 죽은 자보다 죽음을 향해 가는 자를 더욱 가혹하게, 더욱 강렬하게, 더욱 통절하게 뒤흔든다. 삶에서 많은 것을 얻었다면, 그것으로 충분하니 만족하며 떠나라.

배불리 먹은 손님처럼 만족스러운 삶에서 떠나지 않을

이유가 무엇인가?

— 루크레티우스

반대로 그대가 삶에서 얻은 것이 없다면, 삶이 그대에게 쓸모가 없었다면, 그것을 잃은들 무슨 상관인가? 무엇 때문에 더 살고자 하는가?

그대는 왜 더 긴 시간을 살고자 하는가?
허비할 것이 뻔하고 아무런 결실도 없이 끝나고 말 시간을.

— 루크레티우스

삶 자체는 좋은 것도 나쁜 것도 아니다. 그대가 어떻게 받아들이냐에 따라 삶은 좋은 것이 되기도 하고 나쁜 것이 되기도 한다. 단 하루만 살았다 해도, 그대는 모든 것을 본 것이다. 하루는 다른 모든 날과 다르지 않다. 다른 빛도, 다른 밤도 없다. 저 태양, 저 달, 저 별들, 이 세상의 질서는 그대의 조상들이 누렸던 그대로이며, 그 모습 그대로 그대의 자손들에게 대물림될 것이다.

어쨌든, 인생이라는 연극의 배역과 다양한 연기는 한 해 동안 모두 선보여진다. 자연이 보여주는 사계절의 변화에 이 세상의 유년기, 청소년기, 장년기, 노년기가 모두 담겨 있다는 것을 그대는 깨달았는가? 그 계절이 한 번씩 지나가고 나면, 다시 시작하는 것 외에 다른 도리가 없다. 언제까지나 그럴 것이다.

한 해는 자기의 발자취를 따라 원점으로 돌아간다.
　　　　　　　　　　　　　　　　　− 베르길리우스Virgil,[7]『농경시』

　자연은 그대에게 새로운 즐길 거리를 만들어줄 생각이 없다.
이제 다른 이들에게 자리를 내어주어라. 다른 이들이 그대에
게 그러했듯이. 평등은 공정의 원칙이다. 모두가 겪는 일을 자신도
겪는다고 해서 불평할 사람이 어디에 있겠는가? 제아무리 오래 산다
해도, 죽음 이후의 시간을 줄일 수는 없으니, 그것은 헛된 일이다.
그대는 젖먹이 때 죽은 것처럼 오랫동안, 그대를 두렵게 하는 죽
음에 머무르게 될 것이다.

　　그대가 원하는 대로 수백 년을 산다고 해도,
　　죽음이 영원하다는 사실은 변하지 않으리라.
　　　　　　　　　　　　　　　　　− 루크레티우스

　자연은 그대가 아무런 아쉬움도 느끼지 않게 해줄 것이다.

　　죽음은 끄떡없이 살아 있는 또 다른 그대를 남겨두지 않기에,
　　자기 자신이 사라지는 것을 애통해할 수 없다는 것을, 그대는
　　왜 모르는가?
　　　　　　　　　　　　　　　　　− 루크레티우스

그러니 그대는 그토록 애통해하는 삶을 더는 열망할 필요가
없다.

> 막상 그때가 되면, 아무도 자신의 삶을, 자기 자신을
> 생각하지 않으며,
> 자신에 대한 어떠한 후회도 우리를 괴롭히지 않으리라.
>
> — 루크레티우스

죽음은 무無보다도 대수롭지 않다. 무보다 더 대수롭지 않은
것이 있다면 말이다. 죽음은 우리가 죽을 때도, 살아 있을 때도
우리와 상관이 없다. 살아서는 그대가 살아 있기 때문에, 죽어서
는 그대가 더는 존재하지 않기 때문에. 누구도 제시간이 되기 전
에 죽지 않는다. 그대가 태어나기 전의 시간이 그대의 것이 아닌 것처럼,
그대가 남기고 가는 시간 역시 그대의 것이 아니다. 이제 그 시간은 그
대와 상관이 없다.

그대의 삶이 언제 끝나든, 그 삶은 이미 완전하다. 삶의 가치는 얼마나
오래 살았느냐가 아니라 어떤 삶을 살았는가로 결정된다. 오래 살았지
만 실제로는 짧게 산 사람이 있다. 삶이 그대 안에 있을 때 온전히 그
삶에 집중하라. 만족스러운 삶은 그대가 살아온 햇수가 아니라 그
대의 의지에 달려 있다. 그대가 쉼 없이 가고 있는 그곳에 절대
도착하지 않을 거라 생각하는가? 끝나지 않는 길은 없다. 동행이
있는 것이 도움이 된다면, 이 세상은 어떤가. 모두 그대와 같은

방향으로 가고 있지 않은가?

> 모든 것들이 죽음 안에서 그대를 따르리라.
>
> — 루크레티우스

모든 것이 그대와 똑같이 움직이며 가고 있지 않은가? 그대와 똑같이 늙어가지 않는 것이 있는가? 그대가 죽는 바로 그 순간에 수많은 인간, 수많은 짐승 그리고 수많은 피조물이 죽는다.

> 망자를 위해 우는 소리와 장례식의 떠들썩한 소리에
> 아기의 울음소리가 뒤섞이지 않는다면,
> 낮이 지나 밤이 오고, 밤이 지나 낮이 오는 일도 일어나지
> 않으리라.
>
> — 루크레티우스

죽음을 피할 수 없다면, 그 앞에서 뒷걸음질 친들 무슨 소용이랴? 죽음으로써 끔찍한 불행을 면한 이들을 그대는 수도 없이 보았다. 반대로 죽음으로 이득을 보지 못한 이를 본 적이 있는가? 그대 자신이 그리고 다른 이를 통해 경험해보지 않은 무언가를 비난하는 것은 매우 어리석은 일이다. 어찌하여 그대는 자연의 섭리와 그대의 운명을 탓하는가? 자연이 그대에게 해를 끼치고 있는가? 그대가 자연을 다스려야 하는가? 아니면 자연이 그대를

다스려야 하는가? 그대의 나이가 아직 끝을 향해 가려면 멀었다 해도, 그대의 삶은 이미 완성되었다. 어린 사람도 나이 든 사람과 마찬가지로 완전한 사람이다.

인간이나 인간의 삶을 측정할 수 있는 도구는 없다. 그리스 신화에 등장하는 반인반수의 신 키론은 시간과 수명을 관장하는 신이자 그의 아버지인 사투르누스에게서 영생의 조건을 듣고는 이를 거절했다. 영원한 삶이 자연이 인간에게 준 삶보다 얼마나 더 고단하고 고통스러울지 생각해보라. 만일 그대에게 죽음이 없다면, 그대는 자연이 죽음을 앗아갔다며 끊임없이 원망을 퍼부었을 것이다. 자연은 그대가 죽음을 편안하게 여기고 분별없이 덥석 받아들일까 봐 일부러 죽음에 약간의 씁쓸함을 섞어놓았다. 삶에서 도망치지도, 죽음 앞에서 뒷걸음질 치지도 않는 중용을 그대가 지킬 수 있도록, 자연은 삶과 죽음이 너무 쓰지도 너무 달콤하지도 않게 적절히 조절해놓았다.

자연은 최초의 현인 탈레스에게 삶과 죽음이 다르지 않음을 가르쳤다. 그렇다면 당신은 왜 죽지 않느냐고 누군가가 묻자 그는 무척 현명하게 이렇게 대답했다. "아무래도 상관없으니까." 물, 흙, 공기, 불 그리고 대자연을 이루고 있는 다른 조각들은 삶의 도구일 뿐 아니라 죽음의 도구이기도 하다. 그대는 왜 마지막 날을 두려워하는가? 그날 역시 다른 날과 마찬가지일 뿐, 그대가 죽는 순간이 특별히 더 중요한 것은 아니다. 피로와 고통을 유발하는 것은 마지막 걸음이 아니다. 그 걸음은 단지 그대의 고통을 드러내줄 뿐이다. 하루하루는 죽음을 향해 가고 있고, 마지막 날 결국 죽음에 도착한다.

이것이 바로 대자연이 우리에게 건네는 사려 깊은 조언이다. 나는 자주 이런 생각을 했다. 자신의 일이든 다른 사람의 일이든, 어째서 죽음의 얼굴은 집에서보다 전쟁 중에 훨씬 덜 무서워 보이는 걸까? 만약 그렇지 않았다면 군대에는 의사와 울보만 있었을 것이다. 또한 나는 죽음은 언제나 같을진대, 어째서 시골 사람과 신분이 낮은 사람이 훨씬 더 담담하게 죽음을 받아들일 수 있는지 궁금했다.

사실 죽음 그 자체보다 우리가 짓는 표정과 죽음을 둘러싸고 벌이는 섬뜩한 장례의식이 우리를 더 두렵게 한다. 완전히 새로운 생활 환경, 어머니, 아내, 아이들의 통곡, 황망해하는 조문객들의 방문, 눈물 젖은 창백한 얼굴을 한 하인들의 시중, 어두컴컴한 방, 일렁이는 촛불, 베갯머리를 둘러싸고 있는 의사와 수도사, 요컨대 우리를 에워싼 온갖 끔찍한 공포가 우리를 더 두렵게 한다. 그럴 때 우리는 이미 안치되고 매장된다.

어린애들은 가면을 쓰고 있으면 친구라 해도 무서워한다. 우리도 죽음에 씌워진 '가면'을 두려워한다. 사물과 사람에게서 가면을 벗겨내야 한다. 가면이 벗겨지면 비로소 하인이나 신분 낮은 하녀가 최근에 겪은 그 담담한 죽음이 보일 것이다. 구색을 갖출 시간도 없이 죽은 자야말로 진정 행복한 사람이리니!

죽음은 이미 지나갔거나 앞으로 올 것이다.
죽음은 결코 현재에 존재하지 않는다.

− 에티엔 드 라 보에시,[8]
『몽테뉴에게 보내는 라틴 풍자시』

2장

인생의 파고가 높을 때,
우리는 진정한 삶을 배운다

마침내 진정한 자유를 찾으리라

우리 고통은 우리 영혼 안에 있으며, 영혼은 고통에서 스스로 벗어날 수 없다. 그러므로 영혼을 평온하게 하기 위해서는 영혼을 내면으로 데려와 그 안에 머물게 해야 한다. 이것이 진정한 홀로 있음의 의미이며, 이런 고독은 도시 한복판에서나 왕궁에서나 누릴 수 있다. 그러나 세상에서 멀리 떨어져 있을 때 더 쉽게 만끽할 수 있다.

홀로 살아보기를 계획했다면, 다시 말해 사람들과 어울리지 않고 살아가기로 했다면, 오직 자기 자신에게서 만족을 구할 수 있어야 한다. 타인과의 그 모든 관계에서 벗어나서, 진정으로 홀로 살아가며 그 속에서 편안함을 느낄 수 있도록 오롯이 자신에게 집중해야 한다.

메가라학파 철학자 스틸포는 도시가 불타는 바람에 아내와 아이 그리고 전 재산을 잃고 혼자서 겨우 탈출했다. 자기 나라가 쑥 대밭이 됐는데도 당황한 기색이라고는 찾아볼 수 없는 그를 본 마케도니아 왕국의 데메트리오스 폴리오르케테스 왕은 그에게 피해를 본 것이 없느냐고 물었다. 이에 스틸포는 아무런 피해를 입지 않았다고 대답했다. 다행히도 본래 자신의 것은 없었기에 아무것도 잃지 않았다면서. 그래서 고대 그리스 철학자 안티스 테네스는 농담처럼 이런 말을 던졌다. "항해를 할 때 마련해둬야 할 것은 오직 하나뿐이다. 바로 배가 침몰했을 때 자신을 물에 뜨게 해 살아남을 수 있게 해주는 도구이다."

실로 현명한 사람은 자기 자신이 남았다면 잃은 것이 아무것도 없다고 생각한다. 야만족이 놀라Nola 시市를 약탈했을 때, 그곳 주교였던 파울리누스는 모든 것을 잃고 포로로 잡혀 하느님께 기도를 드렸다.

"주여, 제가 이것을 손해라고 여기지 않게 해주소서. 저자들이 제게 있는 어떤 것도 건드리지 못했음을 당신은 아시나이다."

그를 넉넉한 사람으로 만들어준 내면의 풍요 그리고 그를 선량한 사람으로 만들어준 선善은 여전히 온전하게 그의 안에 남아 있었다. 이것이 바로 훼손되지 않는 보물을 현명하게 고르는 법이요, 누구도 앗아갈 수 없으며 우리 자신이 아니라면 절대로 찾아낼 수 없는 장소에 그 보물을 숨기는 법이다.

할 수만 있다면 아내와 자식과 재산 그리고 무엇보다 건강을 가지면 좋을 것이다. 그러나 우리의 행복이 좌우될 정도로 거기에 집착해서는 안 될 일이다.

진정한 자유를 누릴 수 있는 자기만의 작은 방을 마련해두어야 한다. 홀로 있을 수 있는 소중한 은신처, 그 안에서 우리는 자유를 만끽할 수 있다. 바로 그곳에서 우리는 바깥세상과 어떠한 교류나 접촉도 하지 않고 오롯이 자신을 마주한 채 매일같이 이야기를 나누어야 한다. 아내도, 아이들도, 재산도, 시종도, 하인도 없는 듯 홀로 말하고 웃어야 한다. 그들을 잃는 때가 온다 해도 그들 없이 살아야 하는 것이 새삼스럽지 않을 수 있도록. 우리에게는 자기 내면으로 파고들 수 있는 영혼이 있다. 영혼은 자기를 말동무 삼을 수 있고, 자기를 상대로 공격하고 방어하며 대화를 주고받을 수 있다. 그러니 홀로 있다고 해서 무기력과 나태에 빠지지는 않을까 걱정하지 않아도 된다.

홀로 있을 때, 그대가 그대 자신에게 수많은 사람이
되어주어라.

— 티불루스 Albius Tibullus [9]

덕은 그 자체로 충분하다. 규칙도, 말도, 아무런 행동도 필요하지 않다.

타인의 시선과 판단에 나의 행복을 두지 말라

우리가 습관적으로 하는 천 가지 행동 중에서 실제로 우리와 직접적인 관련이 있는 것은 단 하나도 없다. 날아오는 총알을 피해 실성한 듯 허물어진 벽을 맹렬히 오르는 저 사람을 보라. 상처투성이에 굶주림으로 창백하게 축 늘어져 있으면서도 성문을 여느니 차라리 죽겠다고 결심한 사람도 있다. 그들이 정말 자기 자신을 위해 그런다고 생각하는가? 그들은 어쩌면 얼굴 한번 본 적 없고 그들의 운명은 아랑곳하지 않으며 한가롭게 즐기고 있는 다른 누군가를 위해서 싸우고 있는 것이다.

또 가래가 끓는 기침을 하며 퀭한 눈을 하고 꾀죄죄한 모습으로 자정이 넘어서야 서재에서 나오는 저 사람을 보라. 그가 책에 파묻혀 어떻게 해야 자신이 더 선하고 행복하며 지혜로운 사람이 될 수 있을까를 고민한다고 생각하는가? 천만의 말씀. 그는 거기서 그냥 죽어가고 있거나, 고작 후손들에게 플라우투스 시의 운율과 라틴어의 정확한 철자를 알려줄 뿐이다.

많은 사람이 명성과 영광을 얻기 위해 자신의 건강, 휴식, 삶을 기꺼이 희생시킨다. 그러나 그것은 우리 사이에서 통용되는 화폐 중에서도 가장 쓸모없고 가치 없는 가짜 화폐.

우리는 왜 자신의 문제만으로는 부족해서 다른 사람의 걱정까지 떠안는 것일까? 우리의 죽음만으로는 두려움이 부족해서 아내의, 자녀들의, 하인들의 죽음까지 떠안으려 하는가. 우리 일만으로는 걱정거리가 충분치 않아서 이웃과 친구들의 일까지 떠안고 괴로워하며 골치를 썩이는가.

> 어떻게 인간이 자기 자신보다
> 어떤 대상을 더 사랑한다고 확신할 수 있는가?
> — 테렌티우스 Publius Terentius Afer,[10] 『아델포이』

홀로 있는 삶은 자신의 생애 중 가장 좋은 시절을 공동체에 헌신한 이들에게 더욱 의미 있고 마땅한 듯하다. 고대 그리스 철학자 탈레스의 경우처럼 말이다.

이제껏 충분히 남을 위해 살았으니, 이제 남은 삶의 끝자락은 우리 자신을 위해 살아보자. 생각과 의지를 이제 자신과 우리의 만족에 다시 집중시키자. 아무 어려움 없이 세상사에서 손을 떼고 물러나기란 결코 만만찮은 일이라, 그 일만으로도 충분히 바빠서 다른 일에 신경 쓸 여유가 없을 것이다.

신이 우리에게 세상사에서 떠나 채비를 할 시간을 주셨으니, 마땅히 그 준비를 해야 한다. 짐을 꾸리고 친구들에게 서둘러 작별인사를 하자. 마음을 산란하게 하고 자기 자신에게서 멀어지게 하는 저 속박된 관계에서 벗어나자. 그토록 위압적인 온갖 의무에서 벗어나 이제부터 이런저런 것을 사랑하되 오로지 자신만을 바라보자. 모든 것과 교류하되 상처를 입거나 자신의 일부를 뜯어내지 않으면 갈라설 수 없을 정도로 거기에 목을 매고 집착하지는 말자. 세상에서 가장 중요한 일은 남에게 의지하지 않고 스스로 서는 법을 아는 일이다.

더는 세상에 기여할 것이 아무것도 없으니 이제 세상과 헤어질 때다. 무언가를 내어줄 수 없는 자는 받는 것을 삼가야 한다. 우리 힘이 쇠하고 있으니, 그 힘을 자신을 위해 아끼고 모아두자. 상황을 빈전시켜서 우정이나 친교가 하던 역할을 스스로를 위해 할 수 있다면, 그렇게 하자. 타인에게 쓸모없고 성가시며 지루한 사람이 되는 인생의 내리막길에서, 자신에게만은 그런 사람이 되지 말자. 스스로를 칭찬하고 다독이며, 무엇보다도 매사 이성과 양심에 따라 행동하여 혹여 실수하더라도 자신에게 부끄럽지 않은 사람이 되자. "자신에 대해 충분한 자긍심을 갖기란 실로 매우 어려운 일이다.(쿠인틸리아누스)"

소크라테스는 아이는 경험을 쌓아야 하고, 어른은 선을 행하는 연습을 해야 하며, 노인은 시민과 군인으로서의 모든 활동에서 손을 떼고 어떤 것에도 얽매이지 않은 채 제 뜻대로 살아가야 한다고 말했다.

세상사에서 물러남에 있어 이런 원칙을 다른 사람보다 더 능숙하게 행하는 이들이 있다. 바로 나와 같은 사람들로서, 무언가를 습득하는 데 독하거나 약삭빠르지 못하고, 감수성이 예민하고 의지가 박약하며, 다른 사람에게 쉬이 굴복하거나 착취당하지 않는 이들이다. 이런 이들은 타고난 성정과 태도 덕분에 모든 일에 적극적으로 임하고 무엇이든 단번에 이해하며 모든 일에 과감하게 뛰어들어 열정적으로 전념하고 헌신하며 솔선수범하는 이들보다 이런 원칙을 더 수월하게 실행한다.

어쩌다 주어지는 세상의 편의가 마음에 든다면 기꺼이 이용해야겠지만, 그것을 삶의 중심에 두어서는 안 된다. 그것은 삶의 본질이 아니며, 이성도 자연도 우리에게 그것을 강요하지 않는다. 무엇 하러 이런 규칙을 거스르고 우리 행복을 타인의 힘에 기대는가?

그러나 운명의 시련을 지레짐작하고 우리에게 주어진 편의를 아예 포기해버리는 것은 지나친 덕행이다. 어떤 이들은 신앙심으로, 또 어떤 철학자들은 신념을 갖고 자기가 가진 것에 만족하며 한데서 잠을 청하고, 자기 눈을 멀게 하고, 자기 재산을 강물에 던져버리며 고통을 자처한다. 내세의 축복을 바라며 현세의 고통을 견디고 더 낮은 곳으로 떨어지지 않으려고 가장 낮은 계단에 몸을 눕히는 것이다. 몹시 굳건하고 강직한 천성을 가진 이들은 세상에서 물러나는 일마저도 영광스럽고 귀감이 되는 일로 만들고자 한다.

고독 속에서 만나는 진정한 나

그렇게 멀리까지 가지 않아도 할 일은 충분하다. 내가
해야 할 일은 운명의 혜택을 누리면서도 운명이 갑자기 돌변할
것에 대비하고, 편안하게 지내면서도 나의 상상력이 미치는 한
에서 내게 닥칠 수 있는 불행을 떠올려보는 것이다. 우리가 평화
로운 시절에 싸우고 겨루면서 전쟁놀이를 하는 것도 바로 그 때
문이다.

나는 고대 그리스 철학자 아르케실라오스가 금과 은으로 된
식기를 사용했다고 해서 그의 덕망이 부족하다고 생각하지 않는
다. 나는 오히려 그런 것을 아예 금하기보다 절제하며 넓은 아량
으로 사용했다는 점에서 그를 더 높이 평가한다.

나는 인간에게 정말로 필요한 것이 어느 정도인지 알고 있다.

그리고 집 앞에 있는 궁상맞은 걸인이 나보다 더 쾌활하고 더 건강한 것을 보면서* 그의 입장이 되어본다. 그리고 나의 영혼을 그런 삶의 방식에 맞추어보려고 한다. 이렇게 다양한 사례를 보면서 나는 죽음, 가난, 멸시, 질병이 내 뒤를 바짝 쫓아온다 해도, 크게 두려워할 필요가 없겠다며 마음을 다스린다. 나보다 딱한 처지에 있는 사람도 그토록 담대하게 견뎌내는데 나라고 견뎌내지 못할 것이 무엇인가.

아둔한 자가 명철한 자보다 더 잘할 수 있다거나 사유의 결과가 습관의 결과와 같을 수 있다는 말을 하려는 것이 아니다. 나는 삶의 편의가 얼마나 불안정하고 비본질적인지를 안다. 그래서 그걸 마음껏 누리면서도 잊지 않고 신에게 이렇게 간구한다. 내가 자신에게 만족하고 내가 하는 선행에 만족할 수 있게 해달라고 말이다.

무척 건장한 젊은이가 혹여 감기에 걸리면 바로 먹으려고 가방에 알약을 잔뜩 가지고 다니는 것을 본다. 필요한 치료제를 가지고 있다는 생각에 그들은 감기에 대한 걱정을 덜 수 있을 것이다. 우리도 이렇게 해야 마땅하다. 그리고 한 발 더 나아가 보다 심각한 질병에 걸릴 수도 있겠다 싶으면, 환부를 진정시켜 고통을 덜어주는 약을 마련해둬야 할 것이다.

---

* 이 부분은 몽테뉴와 디드로Denis Diderot 등이 주장한 '선량한 야만인bon sauvage'의 변형된 형태로 볼 수 있다.

세상에서 물러나 홀로 있는 삶을 영위하기 위해서는 고되지도, 지루하지도 않은 일을 선택해야 한다. 그렇게 하지 않으면 휴식을 취하러 거기까지 간 것이 아무런 의미가 없어진다. 그 일은 저마다의 고유한 취향에 따라 달라질 수 있다. 내 경우, 집안일에는 영 소질이 없다. 그리고 설령 집안일을 좋아하는 사람이라도 적당히 할 수 있어야 한다. 그러지 못하면, 고대 로마 정치가 살루스티우스가 말한 것처럼, 집안일의 노예가 되어버릴지도 모른다. 그럼에도 한층 고상한 집안일도 있는데, 예컨대 고대 그리스 역사가 크세노폰이 말한 키루스 대왕의 정원 가꾸기가 그런 일이다.

집안일에 온통 얽매여 근심하면서 비천하고 하찮게 부산을 떨어서도, 만사에 될 대로 되라는 식으로 손을 놓아버리고 한없이 게으름을 피워서도 안 된다. 이 둘 사이에서 균형을 잡을 수 있어야 한다. 그러지 않으면 호라티우스의 시구처럼 현실과 동떨어진 삶을 살게 될지 모른다.

> 가축 떼가 그의 곡식을 먹어치우고 있는데도,
> 데모크리토스의 정신은 그의 몸에서 빠져나와 저 멀리에서
> 정처 없이 떠돌고 있다네.
>
> — 호라티우스, 『서간시』

이 문제에 대해 로마 제국 집정관이었던 플리니우스가 그의 친구 코르넬리우스 루푸스에게 해준 조언을 살펴보자.[11] "자네에

게 조언하는데, 자네가 지금 누리고 있는 완벽하고 사치스러운 은거 생활 중에, 미천하고 귀찮기 짝이 없는 집안일은 하인에게 맡겨두고 학문에 전념하여 온전히 자네 것이라 할 수 있는 무언가를 만들어내게." 은거 생활을 명성을 얻는 기회로 활용하라는 말이다. 공직에서 물러나 칩거 생활을 하며 저술활동을 했던 키케로 역시 훌륭한 글을 남겨 사람들의 기억 속에 영원히 남고자 했다.

> 그대가 지식을 갖추고 있다는 걸 남들이 알아주지 않는다면,
> 그대의 지식은 아무런 의미가 없다는 말인가?
>
> — 페르시우스Persius[12]

세상에서 벗어나 은거하는 삶에 대해 논하고 있자니, 세상 너머를 바라보는 것이 마땅하게 여겨진다. 그러나 내가 지금까지 언급한 이들은 이를 어정쩡하게 행하고 있다. 그들은 자신이 더는 세상에 없을 때를 생각하며 자신의 일을 살뜰하게 챙긴다. 하지만 자신이 존재하지 않는 세상에서 계획의 결실을 거두려 하다니, 이 얼마나 터무니없는 모순인가!

내세에 대한 신의 약속을 마음속 깊이 확신하며 신앙심의 발로로 홀로 있기를 자처하는 사람들의 생각이 훨씬 더 이치에 맞는다. 그들이 지향점으로 삼는 신의 선함과 권능은 무한하다. 그래서 그 영혼은 신에게서 자기가 원하는 바를 한껏 채울 수 있다.

고통과 괴로움은 영원한 건강과 행복을 얻는 데 도움이 되니 그들에게 유익하다. 그들은 죽음 역시 이상적인 상태로 옮겨가는 것이라 여겨 기꺼이 받아들인다.

엄격한 규율은 익숙해지면 따르기가 더 수월해지고, 육체적 욕망은 금욕을 실천하면서 억제되고 사그라진다. 육욕이란 실행하지 않으면 지속될 수 없기 때문이다. 그들은 내세에서의 영원한 행복이라는 그 유일한 목표를 위해서라면, 이생의 안락함과 즐거움은 기꺼이 포기할 준비가 되어 있는 자들이다. 그리고 그토록 열렬한 믿음과 희망으로 자기 영혼을 불태울 수 있는 이는 홀로 있을 때 다른 어떤 방식의 삶보다 훨씬 더 달콤하고 즐거운 삶을 영위한다.

어쨌든 플리니우스의 충고는 그 목적도, 방법도 내 마음에 들지 않는다. 그의 충고는 가벼운 신열을 극도의 열광으로 대체하는 것이나 다름없다! 책을 쓰는 일은 다른 일만큼이나 고된 작업이다. 또한 건강을 상하게 하기에, 이 점을 특히 신경 써야 한다. 책 쓰는 일에서 얻는 즐거움에 너무 깊이 빠져서는 안 된다. 집안일에 지나치게 몰두하는 사람, 인색한 사람, 육체적 쾌락을 추구하는 사람, 야심에 불타는 사람을 파멸로 몰고 가는 것이 바로 그런 즐거움이니 말이다.

그 때문에 현자들은 우리 욕구가 우리를 배신하는 것을 경계하며, 고통이라는 이물질이 뒤섞인 불온한 쾌락과 온전하고 진정한 쾌락을 분별할 수 있어야 한다고 가르쳤다. 현자들은 대부분의 쾌락은 이집트인들이 '필리스티아인'이라고 부르던 강도처럼 우리를 어르고 달랜 뒤에 더 세게 우리의 목을 조를 것이라고 말한다. 술에 취하기 전에 두통이 온다면 과음하는 일이 없지 않겠는가! 그러나 쾌락은 우리를 속이기 위해 이후에 올 것을 뒤에 감춘 채 다가온다.

독서는 즐거운 일이지만, 책에 너무 빠져서 가장 소중한 자산인 쾌활함과 건강을 잃을 바에야 아예 책을 덮어버리는 편이 낫다. 책에서 얻는 이득이 그 부작용을 상쇄할 수 없다고 생각하는 사람 가운데 하나가 바로 나다.*

건강이 좋지 않아 오래전부터 몸이 쇠약해지고 있음을 감지한 이들이 결국에는 의학에 기대어 처방을 받고 몇 가지 생활 규칙을 지켜야 하는 것처럼, 사람과 더불어 살아가는 데 염증을 느껴 세상에서 물러난 사람 역시 이성의 법칙을 따라야 하고 은거라는 새로운 삶의 방식의 질서를 어떻게 잡을지 미리 생각해 준비해야 한다. 어떤 모습을 하고 있건 모든 종류의 고통에 안녕을 고하고 크게는 육체와 영혼의 평온을 해치는 온갖 정념에서 벗어나 자기 성정에 맞는 길을 선택해야 한다.

---

* 몽테뉴는 이 지점에서 세르반테스를 앞서갔다! 『돈키호테』는 1605년에 출판되었고 1597년경에야 구상되었기 때문에, 몽테뉴는 그보다 몇 해 앞서 이러한 사상을 전개했다.

저마다 자신이 가야 할 길을 알아야 한다.

— 프로페르티우스 Sextus Propertius[13]

　집안일에도, 학문에도, 사냥에도, 또 이외의 모든 활동에 있어서도 쾌락의 극한까지 빠져들어 가봐야 할 테지만, 그럼에도 그보다 더 깊은 곳, 즉 고통이 시작되는 곳까지 발을 들이지 않도록 조심해야 한다. 무릇 일이란 건강한 생태를 유지하는 데 필요한 만큼만, 아니면 저 반대편 극단에 있는 무기력하고 나른한 나태가 불러오는 불편함을 면할 정도로만 해야 한다. 이 세상에 존재하는 무익하고 난해한 학문은 대개 대중을 위한 것이다. 그런 학문은 세상일에 관여하는 이들에게 양보하자. 나는 기분 좋은 자극을 주거나, 위로가 되어주거나, 또는 삶과 죽음의 문제를 해결하는 데 도움을 주는 재미있고 쉬운 책만 즐겨 읽는다.

　나는 묵묵히 건강에 이로운 숲으로 가리라.
　지혜롭고 올곧은 사람이 관심을 가질 법한 문제에 몰두한
　채로.

— 호라티우스

　영혼이 강인하고 활기찬 지혜로운 이들은 영적 안식을 찾을 수 있겠지만, 그저 평범한 영혼을 가진 나라는 사람은 육체적 즐거움으로 스스로를 지탱해야 한다. 그리고 나이가 들면서 내게

꼭 맞았던 즐거움을 이제는 빼앗겨버렸으니, 내 상황에 보다 잘 맞는 남은 즐거움에 흥미를 붙이고 이를 더 키워나가고 싶다. 세월이 우리 손아귀에서 하나둘씩 앗아가는 삶의 즐거움을 빼앗기지 않기 위해 온 마음과 힘을 쏟아부어야 한다.

> 즐거움을 만끽하자. 어떻게 사는가는 우리에게 달려 있으니.
> 언젠가 재가 되고, 그림자가 되어, 이야기로 남을 우리가
> 아닌가.
>
> — 페르시우스

플리니우스와 키케로가 제시한 영광이라는 목표를 나는 바라지 않는다. 은거 생활과 정반대에 있는 마음은 야망이다. 명예와 안식은 한 지붕 아래에 있을 수 없다. 내가 보기에 그런 사람들은 팔과 다리만 세상에서 벗어나 있을 뿐, 마음과 생각은 그 어느 때보다 세상에 깊이 얽혀 있다.

그들은 더 높이 도약하기 위해 그리고 더 빠른 속도로 무리의 중심으로 들어가기 위해 잠시 몸을 웅크리고 있을 뿐이다. 그런 이들이 얼마나 근시안적인 목표를 겨냥하고 있는지 보고 싶은가? 그럼 플리니우스와 키케로에 비교되는, 서로 다른 학파에 속한 두 철학자의 이야기를 들어보자.

두 철학자 중 한 사람인 에피쿠로스는 제자 이도메네우스에게, 세네카는 친구인 루킬리우스에게 세상사에서 벗어나 은거하

기를 권유하는 편지를 썼다.

　"그대는 지금껏 헤엄을 치며 부유하듯 살아왔네. 이제 항구로 돌아와 죽음을 준비하게. 그대 삶의 대부분을 밝은 곳에서 보냈으니, 이제 남은 부분은 어두운 곳에서 보내보게. 그대가 하는 일의 성과를 포기하지 않으면, 그 일을 손에서 놓을 수가 없다네. 그러려면 명성과 영광에 대한 집착을 내려놓아야 하네. 그대가 과거에 한 일들이 너무도 환히 빛나서 은신처까지 따라올까 염려가 되네. 다른 쾌락과 더불어 남들의 칭송을 받을 때 느끼는 즐거움도 버리게. 그대의 지식과 능력에 대해서는 괘념치 말게. 그대가 그것들을 자신을 위해 더 많이 사용한다면, 그 가치는 사라지지 않을 테니."

　"많은 사람의 마음을 끌지도 못하는 예술에 왜 그토록 많은 공을 들이느냐고 묻는 사람에게 '단 몇 사람이라도, 아니 한 사람이라도 좋아한다면 괜찮다. 아니, 아무도 좋아하지 않아도 괜찮다'라고 대답한 이를 떠올려보게. 이 말은 진실일세. 그대 자신과 한 명의 친구만 있다면, 서로에게 그리고 그대 혼자라 해도 그대 자신에게 충분히 훌륭한 무대가 되어줄걸세. 많은 사람이 한 사람인 것처럼, 한 사람이 많은 사람인 것처럼 여기게. 세상사에서 벗어나 자기가 선택한 은신처에서 영광을 얻겠다고 한다면, 그건 허황된 야망이네. 자기 굴 앞에서 발자국을 지우는 짐승들처럼 처신해야 한다네. 이제 더는 세상이 그대에 대해 어떤 말을 하는지 신경 쓰지 말고 그대가 자신에게 어떤 말을 해야 할지를 생각해보게. 자신 안으로 들어가게. 그러나 우선 그대의 마음이 그대를 맞이할 수 있도록 준비를 해야 하네. 스스로를 다스릴 줄 모르면서 자신을 믿는다는 것은 있을 수 없는 일이니."

"홀로 있을 때도 세상 속에 있을 때처럼 실수를 할 수 있네. 자기 자신 앞에서도 실수하지 않을 때까지, 스스로를 부끄러워하고 존경할 수 있을 때까지, 그대 마음을 고결한 형상으로 가득 채워보게. 그리고 정의로운 삶을 살았던 대ㅅ카토를, 포키온을, 아리스티데스를 늘 마음속에 떠올리게. 그들 앞에서는 광인이라도 자기 잘못을 감추려 들걸세. 그리고 그들을 그대 생각을 통제하는 도구로 삼게. 터무니없는 생각이 들 때, 그들에 대한 그대의 존경심을 떠올리면 마음이 올바른 길로 돌아올걸세. 그들은 그대가 그 길에 머무를 수 있게 해주고, 그대 자신과 그대가 가진 것에 만족할 수 있도록 도와줄걸세. 또한 영혼이 기뻐하는 절제된 성찰 속에서 그대의 영혼을 굳건하게 지켜주고, 깊이 알수록 흥미로워지는 진정한 선을 알아가며, 삶이나 명성을 지속하고자 하는 바람을 버리고 그 선을 알게 되었다는 데 만족할 수 있게 해줄 것이네."

이것이 바로 플리니우스와 키케로의 과시적이고 장황한 철학과는 다른, 본질에 충실한 진정한 철학의 충고이다.

불행과 고통도 결국 생각이 만들어내는 것

한 고대 그리스 격언에 따르면, 인간은 상황 자체가 아니라 그에 대한 자신의 관념 때문에 괴로움에 빠진다. 이 말이 옳다는 것을 모든 상황에서 증명할 수만 있다면, 가련한 인간의 운명을 위무하는 데 큰 보탬이 되리라. 우리가 불행이라 여기는 것이 단지 우리의 판단 때문이라면, 반대로 이를 무시하거나 좋은 일로 여기는 것도 우리의 몫이라고 생각할 수 있지 않겠는가.

우리가 모든 상황을 좌우할 수 있다면, 그것을 통제하거나 우리에게 유리하게 만들지 않을 이유가 무엇인가? 불행과 고통이라 부르는 것이 그 자체로 불행과 고통이 아니라 우리 생각이 그렇게 만드는 것이라면, 그것을 달리 생각하는 것도 우리 몫이다. 선택할 수 있는데도 가장 괴로운 쪽을 골라 질병, 빈곤, 멸시에 쓰리고 고약한 특성을 부여한다면 너무도 어리석은 일이다. 운명은 그저 원재료만을 제공하고 그 형태는 우리가 만든다면, 우리는 얼마든지 거기에 긍정적인 특성을 부여할 수 있다.

이는 우리가 '불행'이라고 부르는 것이 실제로는 불행이 아니거나, 혹은 그게 무엇이든 간에 거기에 다른 특성이나 다른 모습을 부여하는 것이 우리 몫이라는 말이다. 그렇다면 과연 이런 주장에 동의할 수 있을지를 생각해보자.

만약 우리가 꺼리는 상황의 본질이 절대 변하지 않는다면, 누구에게나 똑같은 영향력을 미쳤을 것이다. 인간은 모두 동류로서 약간의 정도 차이만 있을 뿐, 느끼고 판단할 때 모두 동일한 도구와 수단을 사용하기 때문이다. 그러나 그런 상황에 대한 관점이 저마다 다른 것을 보면, 그 관점이 우리 내면에 부합할 때에야 비로소 우리에게 영향력을 행사할 수 있다는 것을 분명히 알 수 있다. 어떤 이는 상황을 있는 그대로 받아들이지만, 또 다른 수많은 이는 그에 전혀 상반되는 새로운 의미를 부여한다.

우리는 죽음, 가난, 고통을 가장 큰 적으로 여긴다. 그런데 누군가가 끔찍한 일 가운데서도 가장 끔찍한 일이라고 부르는 이 죽음을, 또 다른 누군가는 생의 번민에서 벗어날 수 있는 유일한 항구, 자연이 우리에게 주는 최고의 선, 우리의 자유를 지탱해주는 단 하나의 버팀목, 모든 불행을 일거에 해결하는 자연의 치료제라고 부른다는 것을 모르는 사람은 없을 것이다. 누군가 두려움에 휩싸여 벌벌 떨며 죽음을 기다릴 때, 또 다른 누군가는 죽음을 삶보다 훨씬 편안하게 받아들인다.

그렇지만 여기서는 죽음을 두려워하지 않는 담대한 자들은 논외로 하자. 그리스 철학자 테오도루스는 마케도니아 왕국의 장군 리시마코스의 심기를 건드렸다가 그에게 살해 위협을 받자 이렇게 빈정댔다.

"고작 청가뢰* 한 마리 정도의 힘으로 내게 일격을 가하려는 것인가!"

이처럼 대부분의 철학자는 기꺼이 죽음을 앞당기고 재촉하고 또 부추겼다.

사형장으로 끌려가면서도, 그것도 그냥 죽는 것이 아니라 치욕과 때로는 끔찍한 고통을 감내해야 하는 죽음을 맞으러 가면서도 고집 때문이든, 타고난 우직함 때문이든, 평소와 전혀 다를 바 없이 침착한 모습을 보였던 평범한 이들이 얼마나 많은가! 그들은 집안일을 정리하고, 친구들에게 의지하며, 노래하고, 훈계하고, 많은 사람에게 이야기를 건네고, 그 와중에 농담을 하면서 소크라테스가 그랬듯 벗들의 건강을 빌며 축배까지 들었다.

교수대로 끌려가던 어떤 이는 묵은 빚을 갚지 않아 어떤 장사치에게 덜미를 잡힐지도 모른다며 다른 길로 돌아가자고 부탁했다. 또 어떤 이는 사형 집행인에게 자신이 간지럼을 너무 잘 타서

---

* 딱정벌레목 곤충인 청가뢰는 섭취하면 체내에 염증을 일으킨다. 따라서 '청가뢰'는 일종의 '독'으로 해석될 수 있다.

웃음이 터질지도 모르니 자신의 목은 건드리지 말아달라고 당부했다. 또 다른 어떤 이는 바로 그날, 주님과 저녁 식사를 하게 될 거라는 고해 사제의 말에 이렇게 대답했다. "그럼 신부님이 가시지요. 저는 단식 중이니." 또 어떤 이는 마실 물을 달라고 했다가 사형 집행인이 먼저 마시고 나서 그에게 주자 이렇게 말했다. "이 물은 사양하겠습니다. 매독에 걸릴지도 모르니!"

어느 피카르디 사람의 이야기는 누구나 들어봤을 것이다. 그가 단두대에 올랐을 때, 우리 재판소에서도 가끔 그러는 것처럼, 사람들은 그에게 젊은 여인을 보여주면서 이 여자와 결혼하면 목숨은 보전할 수 있을 거라고 말했다. 그런데 그는 여자를 가만히 살펴보더니 그녀가 다리를 전다는 사실을 알아차리고는 이렇게 외쳤다. "내 목에 밧줄을 걸어라, 다리 저는 여자와는 결혼할 수 없다!"

나르싱가르 왕국*에서는 오늘날에도 사제의 아내들이 그 남편과 함께 산 채로 매장되고, 또 다른 여인들은 남편의 장례식에서 산 채로 화장된다. 그러나 그들은 흔들림 없이 그리고 기쁘게 이 일을 받아들인다. 왕의 시신이 화장될 때, 왕비들이며 후궁들, 총애받는 신하들, 관리, 하인 할 것 없이 모두가 우르르 장작더미로 달려들어 자기 상전과 함께 불구덩이 속으로 뛰어들려 한다.

* 오늘날 인도 중부의 한 주州이다. 몽테뉴는 이 구절을 시몽 굴라르Simon Goulart의 『포르투갈 역사Histoire du Portugal』에서 인용했다.

그런데 그들이 이 일을 어찌나 기쁘게 받아들이는지 왕과 함께 죽는 것이 그들에게는 영광인 것처럼 보일 정도였다.

심지어 미천한 처지에 있는 광대들조차 죽음 앞에서 우스갯소리를 멈추지 않았다. 그중 한 사람은 사형 집행인이 그를 밀치자, 평소에 즐겨 하던 말을 외쳤다. "될 대로 되라지!"

또한 죽음을 앞두고 난롯가에 거적을 깔고 누워 있는 어떤 이에게 의사가 어디가 아프냐고 묻자 그는 이렇게 대답했다. "거적과 불 사이." 그리고 사제가 그에게 병자성사를 주기 위해 병으로 오그라들고 경직된 발을 찾으니 "제 다리 저 끝에서 찾을 수 있으실 겁니다"라고 말했다. 하느님에게 모든 것을 맡기라고 하는 사람에게 그는 이렇게 물었다.

"그래서 누가 하느님 곁으로 가는데요?"

"그분께서 원하시면 당신이 곧 가시겠지요."

"내일 저녁에 거기에 가 있다면 오죽 좋을까……."

"그저 그분께 모든 걸 맡기면 곧 그분 곁으로 가시게 될 겁니다."

"그렇다면 내가 직접 그분께 나를 맡아달라고 간청하는 편이 낫겠군."[14]

우리가 최근에 치렀던 밀라노와의 전투 중에, 점령과 탈환으로 엎치락뒤치락하는 전황에 지칠 대로 지친 사람들이 차라리 죽기로 결심했다. 부친이 말씀하시기를, 일주일 만에 적어도 스물다섯 명의 거물이 자살했다고 한다. 이 이야기는 브루투스가 이끄는 로마 군대에 크산토스가 포위되고 함락되자,[15] 남녀노소 할 것 없이 집단적으로 자살을 선택한 크산토스인을 떠오르게 한다. 사람들이 흔히 무슨 짓을 해서라도 죽음을 면하려 하는 것처럼, 그들은 무슨 짓을 해서라도 삶을 버리려 하는 듯했다. 결국 브루투스는 극소수의 크산토스인만을 생포할 수 있었다.

어떤 신조든 생명을 걸고서라도 그것을 지켜내려고 하는 이들이 있다. 그리스가 페르시아 전쟁을 치르는 동안 지키기로 맹세한 저 담대한 서약의 첫 번째 조항은, 그리스의 법을 페르시아의 법으로 바꾸느니 저마다 자기 목숨을 죽음과 바꾸겠다는 것이었다.

그리스-터키 전쟁 동안 할례를 포기하고 세례를 받느니 차라리 끔찍한 죽음을 선택한 이들이 얼마나 많았는가? 이것이 바로 종교의 영향력을 보여주는 하나의 사례이다.

카스티야 왕국의 군주들이 유대인을 자기네 영토에서 추방하자, 포르투갈 왕국의 주앙 2세는 정해진 기한 내에 떠나는 조건으로 한 사람당 8에쿠를 받고 추방된 유대인들을 자기 영토에 피신할 수 있도록 허락했다. 그리고 왕은 그들이 자신의 왕국을 떠날 때 아프리카로 가는 배를 제공해준다고 약속했다. 약속한 날짜가 다가왔고, 정해진 기한을 넘겨 포르투갈 왕국에 남으면 노예로 간주된다는 약정이 있었기에, 유대인들은 하나둘씩 보급되는 배에 올라타야 했다. 선원들은 그들을 모질게 냉대하고 멸시했다. 그들은 유대인들을 모욕했을뿐더러 바다 위에서 전진과 후진을 반복하면서 식량이 바닥날 때를 기다리며 일부러 시간을 끌었다. 유대인들은 어쩔 수 없이 터무니없이 비싼 값에 오랫동안 식량을 사 먹을 수밖에 없었고, 결국에는 완전히 빈털터리가 되어 속옷 바람으로 다시 육지로 돌아왔다.

육지에 남았던 유대인들은 배를 타고 떠났던 동포들이 그런 비인간적인 대우를 받았다는 소식을 전해 들었고, 그중 대다수는 차라리 노예가 되는 길을 택했다. 그리고 또 어떤 이는 심지어 개종을 할 것처럼 행동했다.

주앙 2세의 뒤를 이어 왕위에 오른 마누엘 1세는 유대인 노예에게 자유를 주고자 했다. 그러나 이후 생각을 바꿔 그들에게 정해진 기한 내에 자기 영토에서 떠나라며 항구 세 곳을 지정해주었다. 이 시대 최고의 라틴 역사가 오소리우스 주교에 따르면, 마누엘 왕은 유대인에게 자유를 주는 회유책을 써서 기독교로 개종시키려다가 실패하자, 생각을 바꿔 선왕이 그랬던 것처럼 그들을 자기 영토에서 추방하려 했다. 해적들에게 약탈을 당하는 위험 그리고 부를 편안하게 누리며 살던 생활을 버리고 낯설고 물선 다른 지역으로 가야 한다는 두려움으로 그들을 내몰면 개종시킬 수 있을 거라 기대했던 것이다.

그러나 그의 기대를 저버리고 유대인 모두가 떠날 결심을 하자, 그는 애초에 약속한 항구 세 곳 가운데 두 곳을 폐쇄해버렸다. 불편하고 긴 여정 때문에 일부가 되돌아오게 만들기 위해서, 혹은 모든 유대인을 한곳에 모아서 자신이 세운 계획을 더욱 손쉽게 실행하기 위해서였다. 그 계획이란 열네 살 이하의 모든 아이를 부모에게서 떼어내어 부모가 볼 수도, 간섭할 수도 없는 곳으로 보내 기독교 교리에 따라 교육하는 것이었다. 이에 참혹한 광경이 빚어졌다. 부모자식간의 천륜에 그들의 신앙까지 더해져 유대인이 그 잔인한 결정에 극렬하게 저항했기 때문이다. 자살하는 부모가 속출했고, 더 심한 경우에는 법의 명령을 피하기 위해 사랑과 연민의 마음으로 자기 자식을 우물에 던지는 부모도 있었다.

결국 정해진 기한이 끝나버렸고, 그들은 다시 노예가 되었다. 그중 일부는 기독교로 개종했다. 그러나 그로부터 100년이 지난 지금까지도 포르투갈에 사는 개종한 유대인 가운데 기독교에 대한 자신들의 믿음이나 그 후손들의 믿음을 확신하는 이는 거의 없다. 습관과 흐르는 세월에는 그 어떤 강제수단보다 훨씬 더 큰 힘이 있는데도 말이다. 일례로 카스텔노다리 시에서는 쉰 명의 알비파 이단자들이 신앙을 포기하지 않은 채, 당당하고 굳세게 다 함께 화형당하기를 선택했다.

> 우리 장군들뿐 아니라 우리 군대 전체는 죽을 것이 불을 보듯 뻔한 상황에 얼마나 자주 뛰어들었던가?
>
> ─ 키케로, 『투스쿨룸 대화』

그 어떤 고통도 우리를 영원히 괴롭힐 수 없다

나와 가까운 친구 중 하나는 여러 이유로 마음 깊이 죽음을 강렬하게 욕망했고 심지어 죽음에 애착을 보이기까지 했다. 나는 그를 말릴 수 없었다. 그리고 마침내 죽음을 맞이할 기회가 오자, 그는 그것이 마치 영광의 후광이라도 되는 것처럼 완전히 이성을 잃고 지독하고 열렬한 갈망에 사로잡혀 죽음으로 뛰어들었다.*

오늘날에는 심지어 어린아이까지도 작은 어려움에 직면하면 두려워하며 목숨을 끊는 모습을 자주 본다. 이를 두고 한 고대 작

---

* 1577년 브루아주 공성전에서 사망한 위그노파 장군이자 세르의 영주 르네 드 발자르그René de Valzargues로 추정된다.

가는 이렇게 말했다. "겁쟁이들이 도피처로 선택하는 것조차 두려워한다면, 우리가 두려워하지 않을 것이 무엇이랴?"

성별과 지위 고하를 막론하고 의연하게 죽음을 맞이한 사람, 스스로 죽음을 선택한 사람, 또는 이생의 불행을 끝내고 싶어서가 아니라 그저 삶이 권태로워서 저승에서의 삶이 더 나을 거라는 기대를 품고 죽은 사람의 목록을 작성하자면 한도 끝도 없을 것이다. 그런 죽음을 선택한 이는 사실 너무나 많아서 죽음을 두려워한 사람의 수를 세는 편이 더 빠를지도 모른다.

죽음을 두려워하지 않은 이는 여기 또 있다. 고대 그리스 회의주의 철학자 피론은 어느 날 배를 타고 가다가 사나운 폭풍우를 만났다. 곁에 있는 사람들이 겁에 질려 두려워하자 그는 거기 있던 돼지 한 마리를 가리키며 저 돼지는 폭풍우에도 아랑곳하지 않는다며 사람들을 위로했다. 그렇다면 우리가 그토록 소중히 여기고, 우리를 모든 피조물의 주인이자 황제로 만들어주는 이성이 우리에게 주는 혜택이 우리를 고통스럽게 한다는 말인가? 세상의 이치를 몰랐다면 손에 넣었을지도 모를 평안과 고요를 그 때문에 잃는다면, 또한 피론이 말한 돼지만도 못한 처지가 된다면, 무언가를 안다는 것이 다 무슨 소용인가? 인간에게 주어진 최고의 선물인 지성을 손해를 보기 위해 사용하라는 말인가? 저마다의 재능과 능력을 자신을 위해 사용하도록 한 대자연의 계획과 세상의 순리를 거스르면서?

그러면 사람들은 말할 것이다. 그래, 당신의 충고가 죽음에는 쓸모가 있다 쳐도, 가난에 대해서는 뭐라고 할 것인가? 아리스티 포스와 카르디아의 히에로니모스 그리고 현자 대부분이 절대적 불행이라 여기는 고통에 대해서는 뭐라고 할 것인가? (그리고 말로는 고통을 부정했지만 실제로는 인정한 사람들에 대해서는?)

스토아학파 철학자 포시도니우스는 극심하게 고통스러운 병에 시달리고 있었다. 그를 만나러 간 폼페이우스는 철학 이야기를 듣기에는 적절치 않은 순간에 자신이 찾아온 것 같다며 겸연쩍어했다. 그러자 포시도니우스는 이렇게 말했다. "철학을 논하지 못할 정도로 고통이 나를 삼켜버리지는 못할 겁니다!" 그러더니 그는 고통을 무시하는 것에 관한 철학적 담론을 설파했다. 그러는 동안에도 고통은 성실하게 쉴 새 없이 그를 괴롭혔다. 그는 소리쳤다. "고통이여, 네가 아무리 그래봤자 나는 너를 불행이라 말하지 않을 것이다!"

고통을 대수롭지 않게 여기는 이 일화에 많은 사람이 감명을 받았지만, 이 일화는 대체 우리에게 어떤 교훈을 주는가? 여기에는 그저 고통을 무시하라는 '말'만 있을 뿐이다. 포시도니우스가 고통을 괴로워하지 않았다면, 어째서 하던 말을 중단했을까? 또한 고통을 '불행'이라 부르지 않는 데 왜 그토록 커다란 의미를 부여했을까?

고통은 단순한 상상에서 그치지 않는다. 고통 이외의 것이 견해의 문제라면 고통은 실질적인 감각의 문제이다. 그리고 고통을 판단하는 것은 우리의 감각 그 자체이다.

감각이 우리를 속인다면, 이성 역시 오류를 범할 수밖에
없다.

－ 루크레티우스

채찍질을 간지럼이라고 피부가 믿게 할 수 있는가? 알로에를
최고급 그라브와인이라고 우리 미각이 믿게 할 수 있는가? 피론
의 돼지는 이 문제에 관한 한 우리와 다를 바가 없다. 돼지는 죽
음을 두려워하지는 않지만, 매를 맞으면 꽥꽥 소리를 지르며 괴
로워하니 말이다. 지상의 모든 생명체가 고통을 두려워한다는
보편적 자연법칙을 어떻게 거스를 수 있겠는가? 나무조차 타격
을 받으면 비명을 지르는 것 같다. 죽음은 한순간에 일어나기 때
문에 오직 사유를 통해서만 파악할 수 있다.

죽음은 이미 지나갔거나 앞으로 올 것이다. 죽음은 결코
현재에 존재하지 않는다.
－ 에티엔 드 라 보에시, 『몽테뉴에게 보내는 라틴 풍자시』

죽음 자체의 고통보다 죽음을 기다리는 고통이 더 큰 법이다.
－ 오비디우스Publius Ovidius Naso, [16] 『서간시』

수많은 짐승과 수많은 인간이 죽음의 위협을 당하기보다 차라
리 빨리 죽기를 택한다. 그리고 사실상 우리가 죽음과 관련해 본

질적으로 두려워하는 것은 대개 죽음을 예고하는 징후, 즉 고통이다. 그럼에도 한 기독교 교부는 이렇게 말했다. "죽음은 오직 죽음 이후에 뒤따라오는 것들 때문에 불행이 된다.(성 아우구스티누스,『신국론』)" 그러나 나는 죽음 이전의 일이건, 이후의 일이건 죽음과는 상관이 없다고 생각한다. 우리는 고통을 들먹이며 그릇된 변명을 하고 있는 것이다. 고통 자체보다 그저 죽음을 떠올릴 때 밀려오는 두려움이 고통을 더 견딜 수 없게 만든다는 것을, 고통을 죽음의 전조로 여기기에 고통이 곱절로 심해진다는 것을 나는 경험상 알고 있다. 그러나 그처럼 급작스럽게 일어나고, 피할 수 없으며, 감각할 수 없는 죽음을 두려워하는 우리가 얼마나 겁쟁이인지를 이성이 보여주는 바람에, 조금 더 그럴싸한 고통이라는 다른 핑계를 대는 것이다.

고통 이외에 다른 위험은 가져오지 않는 불행을 우리는 위험하다고 여기지 않는다. 치통이나 통풍이 제아무리 고통스럽다 해도, 그 때문에 사람이 죽지 않는다면 누가 그것을 심각한 병이라 생각하겠는가? 그러므로 죽음에서 우리가 무엇보다도 두려워하는 것은 고통이라는 것을 인정해야 한다. 가난도 마찬가지이다. 우리가 가난을 두려워하는 이유는 그것이 갈증, 허기, 추위, 더위, 잠을 설치는 불면으로 우리를 고통스럽게 하기 때문이다.

그러므로 우리가 두려워하는 것은 오직 고통뿐이다. 그것이 우리에게 일어날 수 있는 최악의 불행이라는 것을 나는 기꺼이 인정하는 바다. 나 자신이 고통을 가장 싫어하고, 그것을 피하기 위해 못할 일이 없으며, 다행히도 지금까지 고통과 크게 관련이 없었으니 하는 말이다. 생의 고통을 없애는 것은 우리 능력 밖의 일이다. 다만 고통을 자주 겪으며 그것에 익숙해지고, 육체가 고통 속에 있을지라도 영혼과 이성을 훌륭하게 유지하는 일은 충분히 해낼 수 있다.

그렇지 않았다면 그 누가 덕, 용기, 아량, 결단력을 가치 있다고 여겼겠는가? 견뎌내야 하는 고통이 없다면 그런 미덕이 어떻게 제 역할을 할 수 있겠는가?

머리부터 발끝까지 무장을 한 채로 한데서 잠을 자지 않아도 되고, 한낮의 더위를 견디지 않아도 되고, 말고기나 당나귀 고기로 끼니를 때우지 않아도 되고, 온몸을 째고 뼛속 깊이 박힌 총알을 빼지 않아도 되고, 상처를 다시 꿰매고 지지고 깊숙이 찔러보지 않아도 된다면, 우리가 범속한 사람보다 더 나은 점을 어디에서 얻을 수 있겠는가?

불행과 고통을 피하려 하기보다 현자들이 말하는 것처럼 진정으로 옳은 것 가운데서도 특히 가장 많은 고통을 요하는 것을 희구해야 한다.

> 행복은 즐거움과 쾌락, 웃음과 놀이처럼 가벼운 것을 즐길 때 찾아오지 않는다. 우리는 대개 슬픔 속에서도 꿋꿋하고 의연하게 견딜 때 행복을 느낀다.
>
> — 키케로, 『최고선악론』

바로 이런 이유로 평화를 지키며 외교적 책략과 협상으로 얻어낸 정복이 전쟁의 위험을 불사하며 무력으로 이뤄낸 정복보다 낫다는 말에 우리 선조들은 조금도 설득되지 않았다.

　게다가 위안이 되는 사실이 하나 있다. "고통이 극심하면 짧고, 가벼우면 길게 마련이다.(키케로,『최고선악론』)" 고통이 너무나 크게 느껴진다면 이는 오래가지 않을 것이다. 고통이 멈추든지, 우리가 멈추든지 둘 중 하나일 테니. 어느 쪽이건 매한가지다. 우리가 고통을 견디지 못하면, 고통이 우리를 데려갈 것이다.

> 큰 고통은 죽음이 끝을 내주고, 작은 고통은 나타났다가
> 사라지기를 반복하고, 중간 정도의 고통은 우리가 이겨낼 수
> 있는 것임을 기억하라. 이처럼 가벼운 고통은 견딜 만하고,
> 참을 수 없는 고통은 마치 극장에서 빠져나오듯 우리 마음에
> 들지 않는 삶을 떠남으로써 벗어날 수 있다.
>
> ― 키케로,『최고선악론』

당신의 영혼은 당신이 생각하는 것보다 강하다

우리가 고통을 그토록 견디기 힘들어하는 이유는 가장 큰 만족을 영혼에서 찾는 데 익숙하지 않아서이고, 영혼에 충분히 의지하지 않아서다. 영혼이야말로 우리 행동을 이끄는 하나뿐인 최고의 통솔자인데도 말이다.

육체는 정도의 차이가 있을 뿐 단 하나의 방식, 단 하나의 태도만을 취한다. 반면 영혼은 본질적으로 매우 유연하며 온갖 형태를 취할 수 있다. 영혼은 육체의 감각과 육체에서 일어나는 일을 그게 무엇이든 자기 자신과 자기 상태에 맞추어 받아들인다. 그러므로 우리는 영혼을 탐구하고 질문하며 그 안에 있는 강력한 힘을 일깨워야 한다. 이성도, 어떤 명령도, 어떤 힘도 영혼의 의향과 선택을 거스를 수 없다. 영혼이 좌우할 수 있는 수많은 행동방식 가운데 평온과 안정을 가져다주는 것을 선택하면, 우리는 온갖 상처에서 보호받을 수 있을 뿐 아니라, 상처와 불행을 통해 오히려 만족과 위로를 받을 수 있을 것이다.

영혼은 무엇에서건 자신에게 이로운 점을 이끌어낸다. 영혼은 오류와 꿈에서조차 만족을 위한 재료를 찾아낸다. 실제로 우리 안에서 고통과 쾌감을 자극하는 것은 우리의 예민한 정신이라는 것을 우리는 쉽게 알 수 있다. 정신이 속박된 짐승은 자기가 느끼는 바를 몸이 자유롭고 자연스럽게 표출하도록 내버려둔다. 여러 종의 동물이 서로 비슷한 행동을 하는 것만 봐도 알 수 있듯이, 거의 모든 종은 유사한 감각을 느낀다.

사실 우리 팔과 다리가 육체의 규칙을 잘 따른다면 우리는 한결 편할 것이다. 자연은 육체가 느끼는 쾌락과 고통에 적당하고 적절한 한계를 부여했을 것이며 그 한계는 모두에게 공평하게 적용될 것이다. 그러나 우리는 자연의 규칙에서 벗어나 자유로운 상상력에 우리를 내맡겼으니, 최소한 그 상상력이 가장 즐거운 쪽으로 갈 수 있도록 노력을 기울여야 한다.

플라톤은 고통과 쾌락에 강하게 이끌리는 우리의 성향을 경계했다. 그로 인해 영혼이 육체에 얽매여 육체가 이끄는 대로 끌려다닐 것을 우려한 것이다. 그러나 내 생각에는 오히려 그 반대로 쾌락이나 고통에 강하게 이끌릴 때 영혼이 육체에서 떨어져 나와 분리되는 것이 더 큰 문제가 아닐까 한다.

우리가 도망치면 그 모습을 보고 적이 더 집요하게 따라붙는 것처럼, 우리가 그 앞에서 두려움에 떨면 고통은 더욱 고개를 쳐든다. 그 앞에서 당당히 맞서는 이에게 고통은 훨씬 더 고분고분하게 군다. 그러니 있는 힘껏 고통에 맞서야 한다. 궁지에 몰려 뒤로 물러서면 우리를 노리고 있는 패배에 빌미를 주는 꼴밖에 안 된다. 몸을 꼿꼿이 하고 단단히 버티면 공격을 더 잘 견딜 수 있는 것처럼, 영혼도 그러하다.

하지만 지금부터는 나처럼 나약한 사람에게 도움이 되는 사례를 살펴보자. 여기서 우리는 보석이 밑에 깔린 천에 따라 색이 더 선명해 보이기도 하고, 더 흐릿해 보이기도 하는 것처럼, 고통 역시 우리가 내어주는 만큼만 자리를 차지할 수 있음을 알게 될 것이다. "고통에 굴복할수록, 더 큰 고통을 겪게 되는 법이다.(성 아우구스티누스, 『신국론』)"

치열한 전투에서 칼에 열 번 찔리는 것보다 외과 의사의 면도날에 한 번 베이는 것이 훨씬 더 고통스럽다. 출산의 고통은 의사와 신마저도 대단한 일이라 여기며 고통에 대비해 많은 것을 신경 써서 준비하지만, 이를 대수롭지 않게 여기는 민족도 있다. 스파르타 여인들은 논외로 하더라도, 우리 보병 중에 스위스 병사의 아내가 출산을 했다고 유난을 떠는 모습을 본 적이 있는가? 그 아내들은 어제는 뱃속에 품고 있던 아이를 오늘은 가슴에 품고 남편을 따라 구보한다. 그리고 길에서 만난 집시 여인들은 가까운 강에서 갓난아기를 씻기고 목욕을 한다.

날마다 많은 여인이 임신뿐 아니라 출산까지도 혼자서 남몰래 처리한다. 그러나 그중에서도 로마 귀족 사비누스의 현숙한 아내를 언급하지 않을 수 없다. 그녀는 남편*을 배려해 누구의 도움도 없이 비명과 신음 한번 내지 않고 혼자서 쌍둥이를 출산했다.

　여우를 훔쳐 자기 외투 속에 감춘 스파르타의 한 어린 소년은 여우가 자신의 배를 파먹는데도 도둑질한 것을 밝힐 수 없어 그냥 꾹 참아냈다(스파르타인은 그릇된 행동으로 처벌받는 것보다 도둑질을 들켜 수모당하는 것을 더욱 두려워했다).[17] 제물을 바치기 위해 향을 피우던 또 다른 소년은 자기 소매 위로 재가 떨어졌지만 의식 진행을 방해하지 않으려고 뼈가 타들어갈 때까지 가만히 있었다.[17] 또한 스파르타식 교육을 받는 수많은 아이가 자신의 용기를 증명하기 위해 일곱 살이 되면 죽도록 매를 맞아야 했는데, 아이들은 그런 상황에서도 얼굴 한번 찡그리지 않았다. 키케로는 이 아이들이 패거리를 지어 서로 주먹질과 발길질을 해대고 물어뜯으며 싸우면서 지쳐 쓰러질지언정 패배를 인정하지는 않는 모습을 보았다고 했다.

　　　習관만으로는 절대 본성을 이길 수 없다. 천성은 거역할 수
　　　없기 때문이다. 그런데 우리는 나약함, 쾌락, 나태, 게으름,

---

*　플루타르코스의 『사랑에 관하여De l'amour』에 따르면, 그녀는 베스파시아누스Vespasianus 황제를 상대로 반란을 일으킨 남편에게 수년간 식량을 조달했다고 한다.

무기력으로 우리 영혼을 타락시켰다. 또한 편견과 나쁜

습관으로 영혼을 나약하게 만들었다.

— 키케로,『투스쿨룸 대화』

　로마의 용맹한 청년 스카이볼라 이야기[18]를 모르는 사람은 없을 것이다. 그는 적진에 몰래 침투해 적장 포르센나를 암살하려 했으나 뜻을 이루지 못했다. 그는 조국에 해를 끼치지 않고 다시금 암살 기회를 엿보기 위해 기발한 술수를 생각해냈다. 그는 적 앞에서 자신이 로마 시민임을 당당하게 밝히고 자신은 첫 번째로 온 것일 뿐이며, 수많은 젊은이가 자신과 똑같은 임무를 수행하기 위해 준비하고 있다고 거짓말을 했다. 그리고 자신이 어떤 사람인지 똑똑히 보여주기 위해 화로를 가져오게 하여 자기 오른손을 불 속에 넣고 손이 타 들어가는 고통에도 아랑곳하지 않는 모습을 보여주었다. 적장마저 그 모습에 경악을 금치 못했고, 결국 불을 치우라고 명령했다.

　수술을 받으면서도 책 읽기를 멈추지 않는 사람에 대해서는 무슨 말을 할 수 있을까? 고문을 당하면서도 끝까지 고문 집행자를 조롱하고 비웃다가 그들의 분노를 사는 바람에 더욱 가혹한 온갖 고문을 받으면서도 지조를 굽히지 않은 사람은 또 어떤가? 하지만 그는 철학자였다.*

　그렇다면 이건 어떤가! 카이사르의 한 검투사는 자기 상처가 헤집어지고 칼로 베어지는데도 이를 언제나 웃는 얼굴로 견뎠다.**

> 아무리 평범한 검투사라도 언제 한번 비명을 지르거나
>
> 안색을 바꾼 적이 있었던가? 싸우는 중에도, 심지어
>
> 넘어져서도 한 번이라도 비겁한 모습을 보인 적이 있는가?
>
> 땅바닥에 쓰러져 치명적인 공격을 받을 것이 뻔한데도
>
> 고개를 돌리는 모습을 본 적이 있는가?
>
> ― 키케로, 『투스쿨룸 대화』

　자기가 한 말에 무게를 싣기 위해 기꺼이 자해를 하는 일은 여러 나라에서 흔하게 일어난다. 프랑스의 앙리 3세는 폴란드에서 이런 경우를 적잖이 목격했으며, 어떤 때에는 그 자신이 연관되어 있기도 했다. 프랑스에서도 일부 사람들이 이를 모방했다는 걸 알지만, 내가 본 장면에 대해서만 말할 것 같으면, 블루아 삼부회의에서 막 돌아온 나는 피카르디 지방에서 자신이 한 맹세가 얼마나 뜨겁고 확고한지를 보여주기 위해 머리에 꽂고 있던 송곳으로 자기 팔을 네다섯 번 깊게 찔러 살을 찢고 피를 철철 흘린 소녀를 본 적이 있다.

*　　세네카의 『서간집 Lettres à Lucilius』 제78편에서 인용한 일화. 여기서 말하는 '철학자'는 알렉산드로스 대왕의 총애를 받은 아낙사르쿠스 Anaxárchus일 것이다.

**　　아울루스 겔리우스 Aulus Gellius.

터키인은 아내에게 애정을 표하기 위해 자기 몸에 커다란 상처를 내고 그것이 오래 남아 있도록 곧바로 상처에 불을 대고 믿을 수 없을 만큼 오랫동안 지져 피를 멎게 하고 흉터를 남겼다. 이 광경을 목격하고 글로 쓴 사람들은 이것이 사실이라고 내게 호언장담했다. 그러나 그들 중에서는 1리라만 주면 매일이라도 팔이나 허벅지에 아주 깊은 상처를 내는 사람을 찾을 수도 있을 것이다.

이에 대한 적확한 사례를 우리 가까이에서 손쉽게 접할 수 있어 정말로 다행이다. 기독교가 그런 사례를 풍부하게 제공해주고 있으니 말이다. 우리의 성스러운 인도자가 모범을 보인 뒤, 많은 이들이 깊은 신앙심으로 그리스도처럼 십자가를 지고자 했다. 참으로 믿을 만한 증인에 따르면,[19] 성왕聖王 루이는 노쇠했다는 이유로 고해 사제가 그를 만류할 때까지 까끌까끌한 거친 옷을 입고 지냈다. 또한 매주 금요일에 고해하는 습관을 강박적으로 지켰는데, 그는 언제든 고해할 수 있도록 고해 사제를 침실 가까이 두었고, 고해 뒤에는 자청하여 사제에게 다섯 개의 쇠사슬 채찍으로 맞았다. 그 때문에 사제는 밤에 입을 옷가지들과 채찍을 늘 지니고 다녔다고 한다.

프랑스 기엔의 마지막 공작이자 프랑스 왕가와 영국 왕가에 공작령을 넘긴 알리에노르 공주의 아버지 기욤 10세는 죽기 전까지 10년에서 12년 동안 속죄의 마음으로 수도복 속에 항상 갑옷을 입고 지냈다. 앙주의 백작 풀크는 예루살렘에 있는 주님 무덤 앞까지 가서 목에 밧줄을 맨 채, 자기 하인 둘에게 자기를 채찍질하라고 명했다.

지금도 우리는 성 금요일마다 여기저기서 많은 남녀가 살이 찢기고 뼈가 드러날 정도로 자기를 후려치는 모습을 본다. 나는 이런 광경을 종종 보았는데 그들은 환각 상태가 아니었다. 가면을 쓰고 있어서 누군지 알 수 없지만 그들 중 일부는 돈을 위해서, 또 어떤 이들은 다른 사람의 신앙을 증명하기 위해, 또 어떤 이들은 탐욕보다 더 강한 신앙심의 발로로 고통을 애써 무시하며 고행을 선택했다.

퀸티우스 막시무스는 집정관이었던 아들을, 마르쿠스 포르키우스 카토는 법정관으로 지명된 아들을, 루시우스 파울루스는 불과 며칠 차이로 죽은 두 아들을 평온한 얼굴로 매장하고 고통스러운 기색을 조금도 드러내지 않았다. 나는 어떤 사람에 대해 농담조로 그가 신의 심판을 기만했다고 말한 적이 있다. 그에게는 장성한 세 자녀가 있었으나 모두 하루 새에 비명횡사했으니 이를 신의 가혹한 형벌로 여길 수도 있건만, 그는 그 일을 신이 특별히 내려주신 은혜와 배려라고 생각했다.

나는 그렇게 특이한 기질을 지니지는 않았지만, 나 역시 젖먹이였던 아이들 셋을 잃고 애석한 마음은 들었어도 깊은 슬픔에 빠지지는 않았다. 어쨌든 사람의 마음을 아프게 하는 그처럼 불행한 일이 내 인생에는 별로 없었다. 나는 흔히 일어나는 불행한 일들 중에서 내게 일어난다 해도 아무런 타격이 없을 것 같은 일이 이 세상에 훨씬 더 많다고 생각한다. 그러나 모두가 그런 일을 너무도 끔찍하게 여기기 때문에 그런 일이 내게 닥쳤을 때 내가 그 일을 대수롭지 않게 여겼노라고 당당하게 자랑하기는 어려울 것 같다.

그러므로 고통은 자연의 산물이 아니라 견해의 산물일 뿐이다.

— 키케로, 『투스쿨룸 대화』

행복은 객관적인 조건이 아니라
주관적인 감정이다

우리 견해는 사물에 가치를 부여한다. 많은 경우 우리는 단순히 그 사물의 가치만 판단하는 게 아니라 그것이 우리에게 어떤 영향을 미칠지를 고려한다. 우리는 사물의 특성이나 쓸모에는 관심을 두지 않고 오로지 그것을 갖기 위해 우리가 지불해야 하는 돈에만 신경을 쓴다. 가격이 마치 그 사물의 본질 중 하나라도 된다는 듯이. 그리고 우리가 그것의 가치라고 부르는 것은 사실 사물이 우리에게 제공하는 것이 아니라 우리가 사물에 부여하는 것이다. 그래서 우리는 지출할 때 매우 신중해질 수밖에 없다.

사물의 유용성은 그 가치에 따라 결정되며, 우리는 사물의 가치가 쓸데없이 부풀려지는 것을 절대로 용납하지 않는다. 다이아몬드의 가치는 가격을 통해, 덕행의 가치는 난관을 통해, 신심의 가치는 고통을 통해, 악의 가치는 쓴맛을 통해 결정된다.

가난해지기 위해 가진 돈을 바다에 던져버리는 사람이 있는가 하면,* 그 바다에서 부를 낚으려고 사방을 들쑤시고 다니는 자도 있다. 에피쿠로스는 부자가 된다고 해서 걱정이 덜어지는 것이 아니라 그저 걱정의 종류가 바뀌는 것뿐이라고 말했다. 사실 탐욕을 부르는 것은 빈곤이 아니라 오히려 풍요이다. 이 문제에 대한 내 경험을 이야기해보겠다.

유년기가 지난 후, 나는 세 가지 다른 형태의 삶을 경험했다. 20년 정도 계속된 첫 번째 형태의 삶을 살아갈 때, 내게는 안정적인 수입도, 모아둔 돈도 없어서 우연이 아니면 달리 돈을 얻을 방도가 없었고, 다른 사람의 도움에 기대야 했다. 처지가 순전히 운수에 달려 있었기에, 큰 걱정을 하지 않고 거리낌 없이 돈을 썼다. 나는 그 어느 때보다도 행복했다. 친구들의 지갑은 언제나 열려 있었다. 나는 약속한 기한에 반드시 돈을 갚는다는 규칙을 무조건 지키려 했기 때문에, 돈을 갚기 위해 분투하는 내 모습을 본 친구들은 여러 차례 변제 기한을 미뤄주었다. 그래서 나는 그 보답으로 일부러라도 허투루 돈을 쓰지 않는 모습을 보여주려 했다. 나는 돈을 갚을 때 자연스레 약간의 쾌감을 느낀다. 버거운

---

* 디오게네스 라에르티오스Diogène Laërce의 저술에 등장하는 그리스 철학자 아리스티포스Aristippus.

짐을 어깨에서 내려놓고, 빚이 만들어놓은 속박에서 벗어나는 기분이 들기 때문이다. 또한 그럴 때면 무언가 공정한 일을 하고 타인을 기쁘게 할 때에 내 안에서 올라오는 만족감을 느끼기도 한다.

그러나 흥정을 하고 셈을 해서 돈을 치러야 하는 일이라면 사절이다. 내 성정과 말투가 그런 실랑이를 벌이는 데 영 젬병이라는 것을 알기에 그 일을 대신해줄 사람을 찾지 못하면 부끄럽고 민망하지만 될 수 있으면 그 일을 피하려 한다. 흥정만큼 꺼려지는 일도 없다. 그것은 순전히 속임수와 몰염치로 이루어지는 거래이다. 한 시간 동안 언쟁하며 흥정을 하고 나서도 고작 몇 푼 더 이득을 보려고 서로가 한 말과 약속을 저버리니 말이다.

그래서 나는 늘 손해를 보면서 돈을 빌렸다. 상대의 면전에서 돈을 빌려달라고 말할 용기가 나지 않아, 되든 안 되든 운에 맡기고 뒤늦게 편지를 보내 부탁을 한 적이 있다. 그런데 이는 별 효과도 없었을뿐더러 상대는 오히려 더 손쉽게 내 부탁을 거절했다. 그래서 나는 차라리 그 어느 때보다도 자유롭게 내 문제의 해결을 운명에, 신의 섭리에, 내 직감에 맡겨버렸다.

자신의 문제를 타개하는 방법을 아는 사람들 대부분은 불확실함 속에서 살아가는 것을 끔찍하게 여긴다. 그러나 그들은 애초에 대개의 사람이 그렇게 살아간다는 걸 알지 못한다. 왕의 총애를 구하고 행운을 잡기 위해 얼마나 많은 정직한 이들이 하루가 멀다 하고 안정적인 삶을 내던지는가? 카이사르는 카이사르가 되기 위해 자기가 가진 돈을 탕진하고도 금 100만 냥을 빚졌다.

그리고 요즘처럼 신심이 메마른 때에도 많은 수도회는 하늘의 은총으로 매일의 저녁거리를 해결할 수 있을 거라 믿으며 평온하게 살아간다.

또한 그들은 자신들이 의지하는 확실성이 사실은 우연만큼이나 불확실하고 위태롭다는 것을 알지 못한다. 내게 2천 에쿠가 넘는 금전적 여유가 있더라도 가난은 마치 내 옆에 있는 것처럼 가까워 보인다. 운명은 부에서 가난으로 가는 구멍을 100개는 낼 수 있고, 많은 경우 최고의 부에서 가난으로 가기까지는 단 한 걸음이면 충분하다.

그리고 운명은 우리의 보호책과 방어벽을 언제든 뒤엎어버릴 수 있다.

이런저런 이유로 재산이 없는 사람만큼이나 재산이 있는 사람에게도 가난이 찾아오는 모습을 자주 본다. 실질적인 수입보다는 재산을 잘 관리해서 부자가 된 사람이 가난해지면, 처음부터 가난했던 사람보다 더 고달플 수 있다. "우리는 저마다 자신의 운명을 만들어나간다.(살루스티우스,『공공의 질서에 관하여』)"

또한 편안히 지내지 못하고 돈에 얽매여 전전긍긍하는 부자는 단순하게 살아가는 가난한 사람보다 더 불행하다. "부유함 속의 빈곤이 최악의 빈곤이다.(세네카,『서간집』)"

가장 위엄 있고 가장 부유한 군주들도 대체로 가난과 결핍 때문에 극단적으로 구차한 상황에 처한다. 백성의 재물을 빼앗는 불의한 폭군으로 만드는 궁핍보다 더 지독한 궁핍이 있겠는가?

두 번째 형태의 삶에서 나는 돈을 좀 만졌다. 돈에 집착하게 된 나는 사회적 상황 덕분에 단기간에 큰돈을 만질 수 있었다. 나는 일상적인 지출보다 더 많은 돈을 가지고 있어야 진정으로 재산이 있는 것으로 생각했고, 제아무리 확실해 보일지라도 돈이 들어올 거라는 기대만으로는 그것을 내 돈이라 확신하지 않았다. 이런저런 불행한 일이 생기면 어떻게 할지 걱정이 되어서였다.

이렇게 쓸데없이 괜한 생각을 하면서 나는 여분의 돈을 저축해 뜻하지 않은 모든 어려움에 대처하려 했다. 불시에 일어나는 일은 한도 끝도 없다고 누군가 말했을 때, 나는 이 돈으로 모든 것을 해결할 수는 없겠지만, 어쨌든 상당히 많은 문제에 대비할 수 있지 않겠느냐고 대답하기도 했다.

그러나 그것은 고통스러운 불안을 느끼지 않고는 할 수 없는 일이었다. 나는 그 일을 비밀에 부쳤다. 자신에 대해서 그렇게 많은 말을 거리낌 없이 하던 내가, 부자이면서 가난한 체하고 가난하면서 부자인 체하는, 말하자면 자기가 실제로 가진 것에 대해 정직하게 양심적으로 말하지 않는 사람들처럼 돈에 대해서만큼은 거짓말을 늘어놓았다. 이 얼마나 우스꽝스럽고 낯 뜨거운 신중함인가!

여행을 떠나려고 할 때는 어떠했나? 나는 경비를 넉넉하게 준비한 적이 한 번도 없다. 몸에 돈을 많이 지니고 있을수록 걱정도 그만큼 많아졌다. 길이 위험하지는 않을지, 또는 짐꾼들은 믿을 만할지가 염려되어 내가 아는 많은 이들이 그러하듯 짐을 내 눈앞에 두지 않으면 완전히 마음을 놓을 수가 없었다.

집에 금고를 놓고 오면 또 어떠했나? 그런 때는 의심과 불안한 생각만이 밀려들었고, 더 곤란하게도 그런 걱정을 누구에게도 내색할 수 없었다! 내 정신은 온통 그 생각에 사로잡혀 있었다. 모든 면을 고려할 때, 돈을 버는 것보다 돈을 지키기가 훨씬 더 어렵다. 꼭 내가 방금 말한 것처럼 하지는 않았더라도, 어쨌거나 그러지 않으려고 무진 애를 썼다. 돈이 있다고 해서 안락함을 누린 것도 아니다. 돈을 더 쉽게 쓸 수 있다고 해도, 그것이 여전히 부담스러웠다.

일단 상당한 재물에 익숙해지고 그것을 머릿속에 그리게 되면, 그 재물에 더는 손대지 못한다. 감히 그 재물을 축내는 것이 마음에 걸리기 때문이다……. 그것은 조금이라도 손을 대면 전부 무너져내릴 건물처럼 느껴질 것이다. 그 돈을 건드리려면 정말로 절박하게 써야 할 데가 있어야 한다. 돈이 없던 시절에 옷가지를 저당잡히거나 말을 팔 때도, 따로 마련해둔 그 귀한 돈주머니를 축내야 했을 때만큼 괴롭고 아쉽지는 않았다.

더구나 문제는 재물을 축적하고자 하는 욕망에 한계를 정하지 못해(좋다고 생각하는 일은 언제나 한계를 정하기가 어렵지 않은가) 저축할 금액을 정하기가 어려워진다는 것이다. 우리는 계속해서 차곡차곡 돈을 쌓아가고 이 숫자에서 저 숫자로 저축액을 높여가다가, 돈을 손에 쥐고 있는 것만을 흡족해하면서 단 한 푼도 써보지 못하고, 결국 자기의 부를 누리는 즐거움을 잃어버리는 우를 범하고 만다.

나는 몇 해 동안 돈에 미쳐 있었다. 그러나 금지가 아닌 허용의 다이모니온*이 그 지경에 있던 나를 꺼내주었고, 나는 시라쿠사 사람처럼 내가 모아놓았던 돈을 쓰기 시작했다. 매우 호화로운 여행이 주는 즐거움이 이 어리석은 생각을 떨쳐버릴 기회를 마련해주었다.

그렇게 나는 세 번째 형태의 삶을 살게 되었다. 그때부터 나는 내 수입에 맞게 지출을 조절할 수 있게 되었고, (느낀 그대로를 말하자면) 보다 즐겁고 견실한 삶을 살 수 있게 되었다. 어떤 때는 수입이 더 많고, 어떤 때는 지출이 더 많지만 이 둘은 서로에게 늘 가까이 붙어 있다. 나는 그날그날 살아가면서 지금 일상에 필요한 것들을 충족시킬 수 있다는 데 만족한다. 예상치 못한 상황이 일어나면 세상의 돈을 전부 그러모아도 충분치 않다는 것을 이제는 알기 때문이다!

운명이 자기에게 맞서라며 우리에게 채비할 기회를 줄 거라 기대한다면 커다란 착각이다. 운명에 맞서 싸우려면 우리만의 무기로 싸워야 한다. 운명이 우리에게 쥐여 주는 무기는 결정적인 순간에 언제든 우리를 배신할 수 있다. 내가 돈을 따로 모은다면 그건 오직 오래지 않아 사용할 계획이 있어서다. 아무짝에도

---

*   소크라테스의 태도 결정에서 대개 금지의 형태로 나타나는 마음속 정령의 소리. ─옮긴이

쓸모없는 땅을 사기 위해서가 아니라 즐거움을 얻기 위해서이다. "탐욕을 부리지 않는 것도 부를 이루는 한 방법이요, 물건을 사는 데 집착하지 않는 것도 돈을 버는 한 방법이다.(키케로, 『역설』)"

나는 재물이 없어도 걱정하지 않고, 그것을 늘리려는 욕심도 없다. "부의 결실은 풍요로움이며, 풍요로움을 판단하는 척도는 만족이다.(키케로, 『역설』)" 자연히 인색해질 나이에 이런 마음가짐이 생기니 얼마나 기쁜 일인가! 그렇게 나는 늙은이들에게서 흔히 볼 수 있는 그 어리석음, 또한 인간의 모든 어리석음 중에서도 가장 바보 같은 그 어리석음을 면하게 되었다.

크세노폰의 저술 『키루스의 교육』에 등장하는 키루스 왕의 신하 페라울라스는 내가 앞서 언급한 첫 번째와 두 번째 형태의 삶을 모두 겪어본 뒤, 재물이 늘어난다고 해서 먹고 마시고 자고 아내를 안는 욕망까지 커지는 건 아니라는 사실을 깨달았다. 다른 한편으로 그는 나처럼 재물을 관리해야 한다는 데 부담을 느꼈다. 그래서 충직한 벗이자 부자가 되고 싶어 하는 가난한 젊은이를 기쁘게 해주겠다고 결심한 뒤, 지금껏 모아놓은 막대한 재산뿐 아니라 그의 관대한 주군 키루스 왕과 전쟁 덕분에 매일매일 불어나고 있는 재산까지 그에게 선물로 주었다. 대신 그는 젊은이에게 자신을 손님이자 친구로서 부양하고, 자신이 필요로 하는 것을 충실히 제공해주어야 한다는 약속을 받아냈다. 이후 그들은 매우 행복하게 살면서 변화한 서로의 삶에 흡족해

했다. 이것이 바로 내가 무척이나 본받고 싶은 삶의 형태이다.

또한 나는 고령의 한 고위 성직자의 삶에 커다란 감명을 받았다. 내가 알기로 그는 자신의 지갑, 수입 그리고 옷장을 깨끗하게 포기하고 일부는 그가 지목한 하인에게, 다른 일부는 다른 사람에게 넘겨주었다. 그리고 자신은 그와 아무런 상관이 없는 것처럼, 그런 일은 까맣게 잊어버린 채 긴 세월을 지냈다. 타인의 선의를 믿는 것은 그 자신도 선한 마음을 가지고 있다는 것을 보여주는 중요한 증거이기에, 신은 기꺼이 그런 삶을 돌보신다. 나는 그 성직자의 집만큼 품위 있고 정연하게 관리되는 집을 어디에서도 본 적이 없다.

이렇듯 재산 관리에 신경을 쓰거나 부담을 느끼지 않으며 자기가 가진 것에 만족할 만큼 자신의 필요를 적절히 조절하는 사람, 재산을 분배하고 획득하는 일 때문에 자기에게 더 잘 맞고 더 평온한 다른 일에 방해받지 않으면서 마음 내키는 대로 살아가는 사람은 행복하다.

그러므로 풍요도 가난도 각자의 견해에 따라 달라지는 것이며, 부도 명예도 건강도 그것을 가진 자가 거기 부여하는 그만큼만 아름답고 즐겁다. 세상만사는 우리 각자가 어떻게 느끼는가에 따라 좋은 것이 되기도 하고 나쁜 것이 되기도 한다. 남들이 행복할 것이라 믿는 사람이 행복한 것이 아니라 자신이 행복하다고 생각하는 사람이 행복하다. 오직 그럴 때에야 믿음은 진리가 되고 현실이 된다.

아무리 눈물이 흘러도 흔들리지 않으리라

결단력과 근성을 가져야 한다는 말을 오해하면 안 된다. 이 말은 재난과 난관을 피하기 위해 최대한 자신을 보호해야 한다는 주장을 부정하거나, 그런 상황이 우리를 덮친다고 해도 두려워할 필요가 없다는 뜻이 아니다. 오히려 불행에서 자신을 지킬 수 있는 정당한 방법은 모두 허용될뿐더러 권장되어야 한다. 의연함은 주로 어쩔 수 없는 불행을 꿋꿋하게 견뎌낼 때 발휘되는 능력이다. 그러므로 우리가 타격을 막을 수만 있다면, 몸을 어떻게 움직이든 손에 쥔 무기를 어떻게 휘두르든 상관이 없다.

매우 호전적인 여러 민족은 전쟁의 마지막 전술로 줄행랑을 치곤 했는데, 적 앞에서 도망치는 것이 적과 맞서는 것보다 더 위협적으로 보였을 것이다. 터키인은 이러한 전술의 효과를 톡톡히 누렸다.

한편 소크라테스는 『플라톤』에서 용기란 적 앞에서 물러나지 않는 '임전무퇴'의 정신이라고 말한 아테네 장군 라케스를 이렇게 조롱했다. "아니, 그렇다면 전략상 후퇴하며 적들을 물리치는 것은 비겁하다는 말인가?" 그러면서 싸움을 포기하고 트로이에서 도망친 아이네이아스를 칭송한 호메로스의 작품을 언급했다.

이에 라케스가 소크라테스의 말을 인정하며 스키타이인 역시 전쟁터에서 도망을 치며, 결국 모든 기병이 그렇게 한다고 말했다. 이에 소크라테스는 다시 임전무퇴의 정신으로 싸우도록 혹독한 훈련을 받은 스파르타 보병의 예를 제시했다. 스파르타 군대는 플라타이아이 전투를 치르는 동안 페르시아의 밀집 장창 보병대를 뚫을 수 없게 되자, 흩어져 퇴각하는 척하면서 도망친다고 믿게 했다. 이를 본 페르시아 군대가 스파르타 군대를 추격하면서 대열이 무너졌고 그렇게 스파르타 군대는 승리를 거둘 수 있었다.

페르시아 다레이오스 왕이 스키타이 원정을 감행했을 때,[20] 다레이오스 왕은 스키타이 왕을 향해 늘 자기와 맞서지 않고 후퇴하며 전투를 피한다면서 거세게 비난을 퍼부었다. 그러자 인다티르세즈(스키타이 왕의 이름)는 다레이오스든 살아 있는 누구든 두려워서 피하는 것이 아니며, 자기들에게는 경작할 땅도 도시도 지켜야 할 집도 적들이 이용할까 봐 걱정해야 할 그 무엇도 없으니 이것이 자기 민족의 방식일 뿐이라고 응수했다. 그러면서 그는 다레이오스 왕을 향해 그렇게 싸움이 하고 싶으면 자기 조상들의 무덤가로 가서 상대를 찾아보라고 빈정댔다.

그렇지만 전쟁 중에 흔히 일어나는 일로, 포격전 중에 표적이 되었을 때는 움직이지 않는 편이 낫다. 포격의 강도와 빠르기로 보건대 도저히 피할 수 없는데도 괜스레 손을 들거나 고개를 숙여서 동료들의 비웃음을 사는 이들이 여럿이다.

그러나 그 반대의 사례도 있다. 신성로마제국 황제 카를 5세가 프랑스를 치기 위해 프로방스로 진격했을 때,[21] 아를을 정찰하러 온 구아스트 후작은 풍차를 이용해 몸을 숨기고 도시 가까이 접근했다. 그런데 풍차에서 벗어나자마자 원형 경기장 위를 거닐던 본느발의 영주와 아주네의 판관에게 정체를 들키고 말았다. 그들은 포병 대장 빌리에 영주에게 그의 위치를 알렸고, 포병 대장이 어찌나 정확하게 장포를 겨냥했던지 구아스트 후작이 마침 대포에 불을 붙이는 것을 보고 옆으로 몸을 피하지 않았더라면, 그는 포탄을 정통으로 맞을 뻔했다.[22]

몇 해 전, 모후의 부친인 우르비노 공작 로렌초 데 메디치가 이탈리아 비카리아트 지방의 몬돌포에서 공성전을 벌일 때도 마찬가지였다. 그는 자신에게 조준된 대포에 불이 당겨지는 것을 보고 오리처럼 몸을 굽혔는데, 무척이나 잘한 일이었다. 그러지 않았다면 그의 머리 위를 스친 포탄이 분명 그의 가슴에 박혔을 것이다.

솔직히 나는 저들이 깊은 생각을 하고 그런 행동을 했다고 생각지 않는다. 그토록 긴박한 상황에서 포의 조준이 낮은지 높은 지를 어떻게 판단할 수 있겠는가? 용케도 운이 좋아 끔찍한 상황을 피했을 뿐, 다른 상황이었다면 포격을 피하기는커녕 오히려 대놓고 표적이 될 수도 있는 행동이라는 것이 더 이치에 닿는 말일 것이다.

의외의 장소에서 소총이 발사되는 소리가 들리면 소스라치게 놀라는 것은 당연한 일이다. 나보다 훨씬 용맹한 사람들도 그럴 때는 두려움에 떤다.

금욕주의를 따르는 스토아학파 철학자조차도, 갑자기 맞닥뜨리는 광경이나 예기치 못한 상황에서는 자신들의 지혜로운 영혼이 처음부터 의연하게 대처하기 어렵다고 말한다. 천둥소리나 건물이 무너지는 소리에 동요하여 얼굴이 하얗게 질리고 제대로 숨을 못 쉬는 것은 자연스러운 반응이라는 것이다.

하지만 판단력이 흐트러지지 않고 이성의 근본이 조금도 타격을 입거나 변질되지 않으며, 자신이 느끼는 공포나 고통을 중요하게 여기지 않는다면 다른 감정에도 마찬가지이다. 지혜롭지 않은 사람의 경우에는 감정이 이성 깊숙이까지 침투하여 영향을 미치고 이성을 더럽히고 망가뜨린다. 그래서 그는 감정에 따라 판단하고 휘둘린다. 그러나 그런 때에도 지혜로운 스토아 철학자가 어떤 모습을 보이는지는 이 구절이 명확하게 보여준다.

그러므로 고통은 자연의 산물이 아니라 견해의 산물일

뿐이다.

— 키케로, 『투스쿨룸 대화』

현명한 아리스토텔레스학파 철학자들 역시 마음의 동요를 피할 수는 없지만, 그들은 감정을 스스로 다스릴 줄 안다.

행불행은 오로지 우리 자신에게 달려 있다

판단력은 모든 주제에 활용할 수 있는 유용한 도구이며 어디에나 사용된다. 그래서 나는 기회가 있을 때마다 주체적으로 내 판단력을 '시험'해보려고 한다. 특히 내가 알지 못하는 주제를 만날 때 그렇게 한다. 예컨대 처음 보는 강을 건너야 한다면, 멀찌감치 떨어져서 우선 강물의 깊이를 신중하게 가늠해보고, 그 깊이가 내 키에 비해 너무 깊다 싶으면 그냥 강기슭에 머물기로 결정한다. 그 강을 건널 수 없다는 것을 알게 되는 것이야말로 판단력의 본질적 가치이며, 가장 자랑스럽게 내세울 수 있는 특성이다.

무의미하거나 하찮은 주제를 만나더라도 판단력을 시험해보면서 그 주제에 살을 붙이고, 돋보이게 하고, 보완할 수 있는지를 헤아려본다. 때로는 판단력을 진지하고 진부한 주제 쪽으로 이끌기도 하는데, 그쪽 길은 이미 다른 사람이 너무 많이 다녀서 내 판단력으로 독창적인 뭔가를 보태기는 어렵다……. 그러면 내 판단력은 갈 수 있는 수많은 길 가운데서 가장 나아 보이는 길을 선택하고는 이 길이, 또는 저 길이 가장 잘 고른 길이었다고 말한다.

나는 되는대로 내 머릿속에 제일 먼저 떠오르는 주제를 택한다. 어떤 주제든 구애받지 않으며, 그것들을 철저하게 끝까지 다루겠다는 마음도 전혀 없다. 그게 뭐든 전부를 파악하기란 불가능하기 때문이다. 더구나 그 전부를 간파할 수 있다고 호언장담하는 이들도 사실은 그렇게 하지 못한다! 각각의 사물이 지닌 수백 가지 요소와 양상 중에서 나는 하나만을 골라 때로는 가볍게 건드려보거나 그저 스쳐 지나가보기만 하며, 또 때로는 뼛속까지 파고들기도 한다. 나는 메스를 가장 넓게 찌른다기보다 되도록 가장 깊숙이 찔러본다. 나는 대체로 사물의 색다른 면을 포착해내는 것을 즐긴다.

내가 나를 잘 몰랐다면, 그리고 스스로의 능력을 과신했다면, 어떤 주제를 끝까지 다루어보겠다고 무리하게 시도했을 것이다. 그러나 나는 여기서 한 단어, 저기서 한 단어를 표본처럼 끄집어내 해석할 뿐, 큰 계획을 세우거나 독자에게 뭔가를 약속하지 않는다. 어떤 주제에서 유익한 무언가를 끌어내려 하지도 않고, 내 의견을 고집하지도 않는다. 그렇게 나는 의심과 불확실함, 나아가 나를 지배하고 있는 상태인 무지에 나를 내어준다.

모든 움직임은 우리의 본모습을 드러낸다. 카이사르가 파르살루스 전투를 진두지휘할 때나 느긋하고 고상한 연회를 주관할 때나 그의 영혼은 똑같이 드러난다. 우리는 말이 경주로를 달리는 모습만이 아니라 걷는 모습 그리고 마구간에서 쉬는 모습을 보면서도 그 말을 판단할 수 있다.

영혼의 활동 중에는 비루한 것도 있다. 이런 모습을 보지 못하면 영혼을 진정으로 안다고 할 수 없다. 영혼이 자기만의 걸음으로 자연스럽게 나아갈 때 우리는 그 본질을 가장 잘 파악할 수 있다. 정념의 폭풍은 특히 영혼의 숭고한 본질을 위태롭게 한다. 또한 영혼은 결코 한 번에 하나 이상을 다루지 않고, 하나하나에 온전히 몰두해 전력을 다한다. 영혼은 정념을 있는 그대로 다루지 않고, 자신의 주관적인 관념에 따라 다룬다. 사물 그 자체는 저마다의 무게, 크기, 특성을 갖지만 우리 안에 있는 영혼은 그것들을 제 뜻대로 재단한다.*

죽음은 키케로에게는 두려운 것, 카토에게는 바람직한 것, 소크라테스에게는 아무래도 상관없는 것이었다. 건강, 양심, 권위,

---

* 여기서 몽테뉴는 도덕주의자를 넘어 철학자로서의 면모를 드러낸다. 사물 '자체'와 그에 대한 관념을 구분하면서 몽테뉴가 취한 입장은 영국 철학자 조지 버클리George Berkeley의 이상주의와 크게 다르지 않다. 널리 알려진 바와 달리 버클리는 '사물'의 객관적 존재를 부정하지 않았다. 다만 그는 우리가 지각하는 것은 사물의 '본질'이 아닌 성질이며, 이 성질은 지각하는 사람에 따라 주관적일 수 있다는 주장을 펼쳤다.

지식, 부, 아름다움 그리고 그 반대편에 있는 것들은 우리 안으로 들어오는 입구에서 입고 있던 옷을 벗고 영혼으로부터 갈색, 초록색, 밝거나 어둡거나 현란하거나 부드럽거나 깊거나 가벼운 색 등 자기에게 어울리는 색으로 된 새로운 옷을 받는다....... 영혼은 저마다 자기만의 방식으로 그것을 결정한다. 영혼은 자신의 형식이니 규칙이니 규범을 다른 영혼과 합의하여 결정하지 않았기 때문이다. 각각의 영혼은 제 집에서 저마다의 방식을 내세운다.

그러므로 더 이상 사물의 외적인 특성을 핑곗거리로 삼지 말아야 한다. 오로지 우리 자신에게만 책임을 물어야 한다. 우리의 행불행은 오로지 우리 자신에게 달려 있다. 우리의 제물과 기도를 '운명'이 아닌 우리 자신에게 바치자. 운명은 우리 마음에 아무런 영향을 미칠 수 없다. 오히려 운명을 이끌고 거기에 형태를 부여하는 것은 우리 마음이다.

나는 왜 식탁에서 농담을 지껄이고 거나하게 술을 마시는 알렉산드로스 대왕에 대해서는 평가하지 않을까? 왜 체스 게임에 몰두해 있는 그에 대해서는 판단하지 않을까? 그 어리석고 유치한 게임은 그의 마음속 어떤 감정을 건드렸을까? (나는 그 게임을 별로 재미있어 하지도 않고, 시작한다고 해도 지나치게 빠져들지 않으려고 한다. 좀 더 가치 있는 일에 쓸 수도 있는 집중력을 그런 데다 쏟는 것이 창피하다.) 알렉산드로스 대왕이 저 원대한 인도 원정을 계획할 때도, 체스 게임을 할 때보다 열정적이지는 않았다. 인간의 구원이 달린 성서 한 구절의 의미를 밝혀내려 했던 또 다른 이도 마찬가지였다!

우리 영혼이 이 하찮은 게임을 어떻게 변화시키는지, 그것을 얼마나 강력하고 중대한 것으로 만드는지를 보라. 그리고 그 모든 신경이 얼마나 팽팽히 긴장하는지를 보라. 영혼은 각자에게 자신을 알고 제대로 판단할 기회를 주고 있지 않은가! 이보다 자신을 속속들이 지켜보고 관찰할 수 있는 기회는 없다. 이런 상황에서 어떤 정념이 우리를 흥분시키지 않을 수 있을까? 분노, 경멸, 증오, 조바심 그리고 차라리 패배하는 것이 더 나을 법한 상황에서도 기어코 이기고 싶어 하는 강렬한 욕구. 대수롭지 않은 일에 흔치 않은 비범함을 드러내는 것은 신망 높은 이에게 어울리지 않는 태도이다. 여기서 내가 말한 것은 다른 모든 상황에도 적용될 수 있다. 인간의 다양한 면모와 행동 하나하나는 그가 어떤 사람인지를 드러낸다.

데모크리토스와 헤라클레이토스라는 두 철학자가 있었다. 전자는 인간의 운명을 가소롭고 부질없다고 생각해 조소하듯 깔보는 표정을 숨기지 않고 다녔다. 반면 후자는 같은 인간의 운명에 연민과 동정을 느껴 시종일관 우울한 얼굴을 하고 눈에는 늘 눈물이 그렁그렁했다.

나는 이 두 가지 태도 중에서 전자를 택하겠다. 웃는 것이 우는 것보다 즐거워서가 아니라, 웃음이 후자의 태도보다 더 경멸적이고, 우리를 더 단호하게 비난하기 때문이다. 사실 우리는 마땅히 받아야 할 만큼 하찮은 대접을 받지 않는 것 같다. 불평하고 연민하는 것은 그 대상을 어느 정도 존중한다는 뜻이지만, 조소는 전혀 가치를 두지 않는다는 뜻이다. 나는 우리 안의 불행이 경솔함보다 크지 않으며, 악의가 어리석음보다 크지 않다고 생각한다. 우리는 악보다는 무의미로 가득 차 있고, 불행하다기보다 비루하다.

그러므로 술통을 집 삼아 마음 가는 대로 정처 없이 떠돌며, 알렉산드로스 대왕을 가볍게 무시하고, 우리 모두를 파리나 바람만 잔뜩 든 가죽 주머니로 여겼던 고대 그리스 철학자 디오게네스는 내가 보기에 인간을 증오하는 자로 불렸던 그리스 철학자 티몬보다 더욱 준엄하고 예리하며, 따라서 더욱 공정한 심판자이다.

무언가를 증오하면, 그것에 한층 더 마음을 쓰게 마련이다. 티몬은 인간이 잘못되기를 바랐고, 인간의 파멸을 간절히 열망했으며, 이 세상을 악독하고 타락한 자들이 사는 곳이라 여겨 멀리 도망치려 했다. 반면 디오게네스는 인간을 너무 하찮게 여겨 그런 인간이 자신을 괴롭히거나 자신에게 영향을 끼칠 수 있으리라 생각하지 않았다. 그가 세상 속에 어울려 사는 것을 꺼렸던 이유는 세상을 두려워해서가 아니라 세상을 경멸했기 때문이다. 그는 인간이 자신에게 도움을 주지도, 해를 끼치지도 못하는 존재라고 생각했다.

브루투스가 스타틸리우스에게 카이사르 암살 음모에 동참할 것을 제안했을 때, 그가 한 대답도 비슷한 맥락 위에 있다. 그는 암살 시도가 옳다고 믿었지만, 인간을 위해 굳이 그런 수고를 할 필요가 없다고 생각했다. 그는 무언가를 해줄 만한 가치가 있는 존재는 오직 현자들뿐이라 생각했다. 헤게시아스는 무릇 현자란 자기 자신을 위해서만 행동해야 한다고 말했다. 테오도로스는 나라의 이익을 위해 목숨을 걸고, 어리석을 자들을 위해 지혜를 위험에 빠뜨리는 일은 현자의 일이 아니라고 말했다. 그는 이 두 철학자의 가르침을 충실히 따랐다.

인간은 우스운 존재이면서, 자신의 그런 모습을 웃어넘길 수도 있는 존재이다.

나는 춤을 출 때 춤만 추고, 잠을 잘 때 잠만 잔다

나는 온전하고 만족스럽게 삶의 즐거움을 껴안는다고 자부하지만, 그 즐거움을 가만히 들여다보면 거기에 있는 거라곤 바람뿐이다. 하지만 어쩌랴! 어차피 우리 자신이 바람처럼 덧없는 존재인 것을……. 게다가 바람은 우리보다 더 지혜로워서 소리를 내고 흔들리는 것을 기꺼워한다. 또한 바람은 안정성이니 견고함이니 하는 자신에게 없는 자질을 탐하지 않고, 그저 자기가 할 수 있는 일에 만족한다.

어떤 이는 순수한 정신이 느끼는 쾌락과 슬픔의 힘이 가장 강하다고 주장한다. 이것이 바로 크리톨라우스의 저울*이 말하고자 하는 바다. 전혀 놀랄 일이 아니다. 정신은 커다란 천을 재단하듯, 쾌락과 슬픔 같은 것을 제멋대로 다루기 때문이다. 나는 그에 대해 놀라우면서도 어쩌면 바람직한 상황을 매일 목격한다. 그러나 이런저런 기질이 뒤섞여 있고 투박한 나는 그토록 순수한 정신의 산물을 끝까지 음미하지 못한다. 나는 다만 지적이면서도 감각적이고, 감각적이면서도 지적인 인간의 보편 법칙에 따른 쾌락에 순순히 나를 내맡긴다. 키레네학파** 철학자는 고통과 마찬가지로 육체적 쾌락은 정신과 육체라는 두 가지 측면을 가지기 때문에, 육체적 쾌락이 정신적 쾌락보다 더 강력하고 자연스럽다고 주장했다.

아리스토텔레스는 육체의 쾌락을 혐오하는 자만큼 어리석은 자도 없다고 말했다. 나는 자기의 의지로 쾌락을 거부하는 이들을 알고 있다. 그러면 그들은 왜 숨 쉬는 것은 마다하지 않을까? 왜 자기들만의 자산으로 살지 않고, 생각하거나 힘쓰지 않아도 공짜로 누릴 수 있는 햇빛은 거부하지 않을까? 비너스나 세레스, 바쿠스 신이 아닌 마르스와 팔라스 또는 머큐리 신에게서 먹을 양식을 구하려고 해보라! 그것이야말로 여자 위에 올라탄 채, 절대로 풀리지 않는 수학 문제를 풀려고 하는 꼴이 아니겠는가? 몸

---

*   크리톨라우스Critolaus는 기원전 111년에 사망한 그리스 철학자로 로마에서 명성을 떨쳤다. 그는 상상의 저울로 유명한데, 저울 한쪽에 물질적 행복을 놓고 다른 한쪽에 정신적 행복을 놓으면 땅과 바다를 물질적 행복에 보태더라도 정신적 행복을 능가할 수 없다는 주장을 펼쳤다.

**   아리스티포스가 창시한 고대 그리스 철학의 한 분파이다. 이 학파는 육체적 쾌락을 최고의 선으로 간주했으며 쾌락주의를 설파했다.

은 식탁 앞에 앉아 있는데, 정신은 저 높은 곳에 두라고 하는 것이 나는 싫다. 나는 정신이 한자리에 묶여 있는 것을 원하지 않고, 같은 곳에서 뒹굴기를 원하지 않는다. 오히려 나는 정신이 열중하기를 바라고, 누워 있지 않고 앉아 있기를 바란다.

아리스티포스가 우리에게 마치 영혼이 없다는 듯 육체만을 옹호했다면, 제논은 우리에게 마치 육체가 없다는 듯 영혼만을 중요시했다. 양쪽 다 옳지 않다. 전해지기로 피타고라스는 사색으로만 이루어진 철학을 추구했고, 소크라테스는 오로지 행동과 도리로 이루어진 철학을 추구했다고 한다. 그래서 플라톤은 그 중간지대를 찾으려 했다고 한다……. 그러나 그것은 그럴싸하게 꾸민 말일 뿐이다! 소크라테스야말로 균형을 잡고 정도를 걸었고, 플라톤은 피타고라스보다 소크라테스에 더 가까우며, 그것이 그에게 더 잘 어울린다.

나는 춤을 출 때 춤만 추고, 잠을 잘 때 잠만 잔다. 아름다운 정원을 홀로 산책할 때, 내 생각은 잠시 다른 것에 점령되기도 하지만, 나는 이내 내 생각을 이 산책에, 정원에, 이 안온한 고독에 그리고 나에게로 다시 데려온다. 대자연은 우리가 어쩔 수 없이 해야 하는 일에서도 즐거움을 느끼게 하고 어머니의 자애로움을 보여준다. 자연은 이성뿐 아니라 욕구를 통해서도 우리를 이끈다. 그러므로 자연의 법칙을 거스르는 것은 옳지 않다.

나는 카이사르와 알렉산드로스가 정복사업에 몰두하면서도 인간적이고 육체적인 쾌락을 온전히 누렸던 것을 보며, 그것이 영혼을 방치하는 것이 아니라 오히려 영혼을 강하게 만드는 것일 수도 있다는 생각을 했다. 그토록 고되고 막중한 임무에 전념하면서도 일상생활의 습관을 계속 유지하려면 꿋꿋하고 담대해야 하기 때문이다. 그들이 일상의 삶을 본래의 소명으로 여기고, 그 이외의 일을 예외로 여겼다면 그들은 지혜롭다 할 수 있다.

우리는 참으로 어리석다. 우리는 "그 사람은 평생을 빈둥거리며 보냈어"라거나 "나 오늘 아무것도 하지 않았어"라고 말한다. 그래서 뭐가 어떻다는 말인가? 그래서 그가 '살지' 않았다는 말인가? 사는 것이야말로 그대가 하는 일 중에 가장 중요한 일일뿐더러 가장 빛나는 일이다. 우리는 또 이렇게 말한다. "큰 일이 내게 맡겨졌다면, 내 능력을 보여줬을 텐데." 하지만 적어도 그대는 그대의 삶을 성찰하고 그 삶을 기꺼이 감당하지 않았는가? 그랬다면 그대는 가장 위대한 업적을 이룬 셈이다!

자연은 자신을 드러내고 자기 능력을 발휘하기 위해 대단한 운명을 필요로 하지 않는다. 자연은 우리 삶 곳곳에 존재하며, 무대 뒤에서나 무대 앞에서나 중요한 역할을 한다. 그대의 행실을 올바르게 가다듬었는가? 그랬다면 그대는 책을 쓴 사람보다 더 훌륭한 일을 했다. 휴식을 취했는가? 그랬다면 그대는 도시와 제국을 정복한 사람보다 더 큰 업적을 세웠다. 인간의 가장 명예로운 업적은 올바르게 사는 것이다. 그 이외에 다스리고, 재물을 쌓고, 건물을 짓는 일 따위는 가소로운 부속물에 지나지 않는다. 아니면 기껏해야 삶의 장식품일 뿐이다.

군대의 장군이 공격할 계획을 세운 성벽 아래에서 자유롭고 편안하게 식사를 하고 동료들과 담소를 나누는 모습을 본다면 나는 기쁠 것이다. 마찬가지로 브루투스는 로마의 자유와 땅과 하늘까지 그에게서 등을 돌렸는데도, 야간 순찰을 하다가 몇 시간씩 짬을 내 아주 차분하게 폴리비우스의 글을 읽고 주석을 붙였다.*

'소르본 신학대학의 연회'에서 '소르본식 신의 포도주'라는 표현이 장난스럽게 또는 진지하게 사용된다 해도, 나는 그들이 신학 공부에 몰두하며 오전 시간을 유익하고 충실하게 보냈다면, 그만큼 편안하고 유쾌하게 식사시간을 즐기는 것이 마땅하다고 생각한다. 일상의 시간을 잘 보냈다는 뿌듯한 마음은 식사의 풍미를 돋우는 적당한 양념이다.

대大 카토나 소小 카토와 같은 현자들이 바로 이런 삶을 살았다. 미덕을 향한 그들의 비길 데 없는 노력은 놀라울 정도고 임격한 기질은 거북함이 들 정도지만, 그럼에도 그들은 비너스와 바쿠스의 법칙과 같은 인간 삶의 법칙에 순응했다. 그리고 그들이 기꺼이 쾌락을 즐겼다면, 이는 삶의 다른 의무를 완수할 때만큼이나 쾌락을 즐기는 데 있어서도 해박하고 능란해야 한다고 강조

---

* 플루타르코스의 『브루투스 전기Brutus』에 따르면, 폼페이우스Pompeius를 따라 파르살루스 전투에 참전한 브루투스는 전투 전날에도 폴리비우스에 관한 글을 썼다고 한다.

한 그들 학파의 가르침을 따랐기 때문일 것이다. "지혜로운 마음을 가진 자여, 섬세한 미각을 가질지어다.(키케로)"

느긋하고 쾌활한 태도는 꿋꿋하고 관대한 사람에게서 흔히 볼 수 있으며, 이는 그를 더욱 돋보이게 한다. 고대 그리스 장군 에파미논다스는 춤추고, 노래하고, 악기를 연주하면서 자기 도시의 젊은이들과 거리낌 없이 어울렸다. 그는 그런 행동이 자신의 영광스러운 승리와 완벽한 덕성에 흠이 된다고 생각지 않았다.

수많은 공적을 세워 '하늘이 내린 인물'이라고 불릴 만큼 위대한 로마 장군인 스키피오 아프리카누스 역시 어린아이처럼 한가로이 산책하며 조개껍질을 줍고, 전우 라일리우스와 함께 바닷가를 달리며 즐거워하곤 했는데, 그의 그런 모습은 오히려 그를 더욱 멋진 사람으로 만들어주었다. 또한 그는 날씨가 궂을 때는 인간의 가장 거칠고 비천한 행동을 묘사한 희극을 쓰면서 기분 전환을 하거나, 한니발과 아프리카를 정복하겠다는 엄청난 원정 계획을 머릿속에 그리면서도 시칠리아의 학교를 찾아 철학자들의 가르침을 받으려 했다. 그의 이런 행적 때문에 로마에 있는 그의 정적들은 그를 아니꼬운 시선으로 바라보곤 했다.

소크라테스에게서 발견되는 무엇보다 뛰어난 점은 그가 노년에도 춤추고 악기를 연주하는 법을 배우는 데 기꺼이 시간을 할애하면서 그것이야말로 시간을 알차게 보내는 것이라 여겼다는 점이다. 그는 심지어 어떤 생각에 몰두하면 그리스 군대 전체가 눈앞에 있어도, 무아지경에 빠져 꼼짝 않고 한자리에 서서 하루

밤낮을 보내기도 했다고 한다!* 또한 그는 적에게 잡힌 알키비아데스를 구하기 위해 그 많은 용맹한 병사들 틈에서 가장 먼저 달려나와, 자기 몸으로 그를 감싸고 무기를 든 채 적군과 난투를 벌여 그를 구출해냈다. 델리움 전투에서 말에서 떨어진 크세노폰을 구해준 사람도 소크라테스였다.**

30인의 참주가 하수인들을 시켜 테라메네스를 끌고 가며 처형하려 할 때, 그 불의한 광경에 분노한 아테네 시민 가운데 가장 먼저 그를 구하려 나선 사람도 소크라테스였다. 그러나 그를 돕겠다고 따라나선 이는 두 사람뿐이었고, 테라메네스가 직접 소크라테스를 만류하고 나서야 그 무모한 시도를 포기했다. 소크라테스는 또한 자신이 한눈에 반한 아름다운 여인이 그와 함께 있으려 할 때에도 필요할 때는 엄격하게 절제하는 모습을 보였다.

그는 전쟁터에서도, 얼음판 위에서도 늘 맨발로 걸었고, 여름이나 겨울이나 항상 같은 옷을 입었으며, 동료 가운데서 가장 피로를 잘 견뎌냈고, 연회에서나 평소에나 똑같은 식사를 했다. 그는 27년간 한결같은 얼굴로 굶주림과 가난, 자녀들의 반항, 아내

---

* 플라톤의 『향연』에 따르면 소크라테스는 새벽이 되고 해가 뜰 때까지 그렇게 서 있었다고 한다.

** 그리스 철학사가 디오게네스 라에르티오스에 따르면, 소크라테스는 보이오티아 동부에 위치한 델리움 전투에서 말에서 떨어진 크세노폰Xenophon을 일으켜 그의 목숨을 구했다고 한다. 또한 플라톤의 『향연』에서 알키비아데스Alkibiades는 이렇게 말한다. "델리움에서 군대가 퇴각할 때, 소크라테스가 한 행동에 주목해야 한다."

의 잔소리를 견뎌냈다. 그리고 마지막으로 중상모략, 폭정, 옥살이, 족쇄, 독배까지도 견뎌냈다. 그러나 바로 이 사람은 술내기에도 기꺼이 응해 군대 전체에서 어느 누구에게도 뒤지지 않는 모습을 보여주었고, 아이들과 함께 호두 던지기 놀이를 하거나 목마 위에 올라타는 행동도 마다하지 않았다. 그것도 아주 기꺼운 마음으로 행했다.

철학은 소크라테스의 이러한 행동이야말로 진정한 현자의 모습이며, 동시에 그를 존경하지 않을 수 없게 만든다고 말한다. 이런 인물의 모습은 완벽한 행동 양식의 표본이자 본보기로서 끊임없이 사람들에게 알려져야 한다. 그럴 만한 이유가 차고도 넘치지 않는가! 굳세고 흠잡을 데 없는 삶의 본보기는 극히 드문 반면, 어리석고 형편없는 본보기는 매일같이 제시되며 우리 교육에 해를 끼치고 있다. 그런 것들은 어느 하나도 우리에게 이롭지 않으며, 오히려 우리를 정체시킨다. 또한 우리를 타이르기보다는 타락시킨다.

흔히 생각하는 것과 달리, 저 극단의 가장자리 길로 가는 것보다 널찍하고 탁 트인 가운데 길로 가기가 더 어려운 법이다. 또한 인위에 따르기보다 자연에 따라 행동하기가 더 고되다. 그러나 쉬운 길로만 가려는 삶은 고결하지 못하고 존경받을 만하지 않다. 영혼의 위대함은 저 높은 곳을 향하여 나아가는 데 있지 않고, 마땅한 제자리를 찾아 그 자리를 지키는 데 있다. 그런 영혼은 만족스러운 그 모든 것을 귀하게 여기고, 뛰어난 것보다 평범한 것을 선택함으로써 그 위대함을 드러낸다. 인간으로서 올바르고 품위 있게 사는 것만큼 훌륭하고 마땅한 일은 없으며, 삶을 제대로 사는 방법을 알아가는 것만큼 어려운 학문도 없다. 우리의 가장 심각한 병폐는 자기 자신의 존재를 하찮게 여긴다는 것이다.

영혼을 육체와 분리하여 육체에 물들지 않게 하려는 자는, 할 수만 있다면 몸이 아플 때 그렇게 하라. 그러나 평소에는 오히려 영혼이 몸을 지지하고 도우며, 자연스럽게 느낄 수 있는 즐거움에 참여하여, 금슬 좋은 부부처럼 어우러지도록 하라. 영혼이 육체보다 지혜롭다면, 과도한 쾌락을 경계하여 필요한 절제를 행할 것이며, 그리하여 쾌락이 불쾌함과 뒤섞이지 않게 할 것이다.

무절제는 쾌락의 골칫거리이다. 반면 절제는 쾌락을 해치기는커녕 오히려 그 맛을 돋운다. 그리스 철학자 에우독소스는 쾌락을 최고의 선이라 주장했고, 그 제자들은 쾌락에 매우 큰 가치를 부여했다. 그들은 쾌락에 절제를 더하여 가장 기분 좋은 쾌락을 맛보았다. 이것이 바로 그들에게서 발견되는 놀라운 점이자 본받을 만한 점이다.

나는 내 영혼이 고통과 쾌락을 똑같이 신중하게 바라보기를 바란다. "영혼이 쾌락 속에서 본래보다 커지는 것은 고통 속에서 쪼그라드는 것만큼이나 비난받을 일(키케로)"이며, 이 둘을 똑같이 단호하게 바라보아야 한다. 단, 고통은 즐겁게, 쾌락은 엄격하게 바라보며 영혼이 할 수 있는 한 고통은 축소시키고 쾌락은 확장하려 해야 한다. 선을 올바르게 볼 수 있다면, 악도 올바르게 볼 수 있다.

고통은 약하게 다가올 때 피해야 하며, 쾌락은 과도해질 때 피할 수 있어야 한다. 플라톤은 고통과 쾌락을 연관 지으며, 고통에 맞서는 용기와 과도한 쾌락을 절제하는 용기가 같은 것이어야 한다고 강조했다. 고통과 쾌락은 샘과 같아서 필요할 때 필요한 곳에서 적당히 길어낼 수 있다면 그는 행복한 사람이다. 한 마을이든, 사람이든, 짐승이든 이를 적절히 이용할 수 있어야 한다.

고통의 샘물은 필요할 때 절제하여 처방에 따라 마셔야 하며, 쾌락의 샘물은 갈증이 날 때 마시되 취할 정도로는 마시지 말아야 한다. 고통, 쾌락, 사랑, 증오는 어린아이가 처음으로 느끼는 감정이다. 이런 감정이 이성과 조화를 이룬다면, 그것은 곧 미덕이 된다.

자기 자신이고자 하며, 그 이상을 바라지 않는 자.

— 마르티알리스Martialis[23]

3장

과거를 한탄하지 않고, 미래를 두려워하지도 않는다

세상은 영원히 흔들리는 그네가 아니던가

다른 작가들은 인물을 형상화한다. 그러나 나는 우리가 어떤 사람인지 알려주기 위해, 특별히 아주 잘못 형성된 인물을 보여준다. 내가 그를 다시 만들 수 있다면, 지금과는 완전히 다르게 만들겠지만 이미 이렇게 되고 말았다. 내가 그 사람에게 부여한 특성은 변화무쌍하지만 그렇다고 거짓은 아니다. 세상은 영원히 흔들리는 그네가 아니던가.

모든 것들이 끊임없이 흔들린다. 땅도, 코카서스의 바위도, 이집트의 피라미드도 전체적으로 그리고 저마다 고유하게 움직이고 흔들린다. 항구적인 것조차 나른한 움직임에 불과하다. 나는 내 연구대상에 확신이 없다. 그것은 본래부터 취기에 젖어 있는 듯, 비틀거리고 흔들거리며 앞으로 나아간다. 나는 흥미를 느끼는 순간에 있는 그대로를 받아들인다. 나는 그 존재 자체가 아니라 그 존재가 지나간 삶의 궤적을 그린다. 인생의 한 시기에서 다른 시기로, 또는 흔히 말하듯 7년마다*가 아니라 하루하루, 시시각각의 궤적을 그린다. 그리고 나는 그 이야기를 언제나 시대에 맞게 고쳐 써야 한다!

나는 금방이라도 변할 수 있다. 운명의 타격 때문이 아니라, 의도적으로도 말이다. 내 책은 다양하고 변화무쌍한 사건과 불확실한 생각의 기록이다. 이 생각은 내가 다른 상황이나 시각에서 나 자신을 바라보거나 주제를 다룰 때 모순될 수도 있다. 그래서 나는 모순되는 말을 하기도 하지만 고대 그리스 웅변가 데마데스가 말한 것처럼, 진리에 대해서는 반박하지 않는다. 내 정신이 한곳에 꼭 붙어서 움직이지 않는다면, 나 자신을 다시 돌아보지 않고 결정을 내릴 테지만, 내 정신은 늘 수련 중이며, 그 능력을 증명해야 하는 처지에 있다.

나는 여기에 보잘것없고 소소한 삶을 펼쳐 보이지만, 그것은 중요치 않다. 모든 도덕 철학은 소박하고 단순한 삶에도, 부유하고 화려한 삶에도 똑같이 적용될 수 있기 때문이다. 인간은 저마다 자기 안에 인간 존재의 모든 형태를 지니고 있다.

작가들은 자신만의 특별하고 독창적인 특성을 드러내며 대중

---

*   7년을 주기로 사람에게 변화가 일어난다는 말이 있다(숫자 7은 언제나 행운의 숫자로 여겨져왔다).

에게 이름을 알린다. 나는 문법학자나 시인, 법관으로서가 아닌 몽테뉴라는 인간 자체로서, 나라는 존재의 보편성으로 이름을 알린 최초의 작가이다. 내가 너무 내 이야기만을 늘어놓는다고 사람들이 비난한다면, 나는 그들이 자신에 대해 생각조차 하지 않는다고 반박하겠다.

그런데 사적인 생활을 그토록 중시하는 내가 세상에 나를 알리겠다고 하는 것이 온당한 일인가? 더구나 형식과 기교가 그토록 중시되고 위세를 떨치는 마당에 아직 다듬어지지 않은 자연에서 나온 충동적이고 단순하며 날것 그대로의 창조물을 내놓는 것이 바람직한 일인가? 재주와 학식이 드러나지 않는 책을 쓰는 것은 돌 없이 성벽을 쌓는 것이나 다름없지 않을까?

음악을 만들 때는 규칙을 따라야 하지만, 나는 글을 쓸 때 우연에 기댄다. 그러나 적어도 어떤 부분에서는 규칙을 따른다. 내가 천착하는 주제를 다룬다면, 나보다 깊이 알고 이해하는 사람은 없을 것이며, 현존하는 이들 중에서는 내가 가장 조예가 깊을 것이라고 자부한다. 게다가 그 주제에 대해 나보다 더 깊이 파고들고, 개별 요소와 영향을 더 면밀히 검토하면서 계획한 목표를 더 정확하고 완벽하게 달성한 사람은 없을 것이다.

그러기 위해서는 오직 그 규칙에 충실함을 더하기만 하면 되는데, 내 작업에는 가장 진실하고 순수한 충실함이 있다. 내가 원하는 만큼은 아니지만, 나는 내가 감히 이야기할 수 있을 정도로는 진실을 말한다. 그리고 나이가 들어가면서 조금 더 과감하게 이야기하게 되었는데, 그 나이가 되면 조금 더 거리낌 없이 수다를 떨고 자기 이야기를 하는 것이 용인되는 관습 덕분일 것이다.

나는 이런 경우를 심심치 않게 본다. '그토록 달변인 사람이 어떻게 그렇게 형편없는 글을 썼다는 말인가? 또는 그토록 눌변인 사람에게서 어떻게 그렇게 지적인 글이 나올 수 있다는 말인가?' 하면서 놀라는 경우를 말이다. 그러나 여기서는 그런 일이 일어날 수 없다. 말을 할 때는 지극히 평범하지만 뛰어난 글을 쓰는 사람이 있다면, 그 자질은 타고난 것이 아니라 외부에서 습득한 것일 가능성이 크다. 박식한 사람이 모든 분야에 해박한 것은 아니다. 하지만 재능 있는 사람은 모든 면에서 그 재능을 발휘하며, 심지어 자신이 잘 모르는 분야에서도 그렇다.

여기서 나와 내 책은 발맞추어 나아가고 있으며, 우리는 서로를 꼭 닮아 있다. 다른 책이라면 우리는 작가와 별개로 그 작품을 추천하거나 비판할 수 있다. 그러나 여기서는 작품을 건드리는 것이 곧 작가를 건드리는 것이다. 그러니 그것을 모른 채 작품을 판단하는 사람은 나에게보다 자기 자신에게 더 큰 잘못을 하는 것이요, 그것을 이해한 사람은 내게 아주 큰 만족감을 선사하는 셈이다. 나라는 사람이 학식이 있었다면 그것을 잘 활용할 수 있었을 것이고, 기억력이 좋았더라면 더 나은 결과를 낼 수 있었을 것이라고 명철한 사람들에게 인정받을 수 있다면, 나는 그것만으로도 분에 넘치게 행복할 것이다.

나는 후회를 거의 하지 않노라고, 또 천사나 달리는 말이 아닌 인간의 양심을 가진 데 만족하노라고 가끔 말한다. 이 말에 대해 그리고 이런 말 뒤에 늘 후렴구처럼 덧붙이는 말에 대해 여기서 변명을 좀 하려고 한다. 나는 무지한 사람처럼 질문을 통해 스스로를 돌아보며 결국에는 보편적이고 정당한 의견을 전적으로 따른다고 자주 말하는데, 이 말은 그저 말치레가 아니라 기본적이고 당연한 겸양이다. 나는 가르치려는 것이 아니라, 그저 내 이야기를 할 뿐이다.

진짜 악덕이라면 불쾌할 수밖에 없고, 올곧은 판단을 하는 사람이라면 이를 비난할 수밖에 없다. 악덕의 추악함과 해악이 너무나 명백함에도 악덕을 저지르는 이유는 순전히 어리석고 무지하기 때문이다. 악덕을 알고도 이를 혐오하지 않기는 얼마나 어려운가. 악의는 스스로 독을 흡수해 결국 그 독에 중독된다. 악덕은 피부에 깊은 상처를 남기듯 영혼에 후회를 새기며, 스스로를 계속해서 상처 내고 피 흘리게 한다.

이성은 다른 슬픔과 고통을 지워주는 동시에, 회한의 고통을 불러온다. 바깥에서 오는 추위와 더위보다 열병이 났을 때 느껴지는 오한과 발열이 더 괴로운 것처럼, 이 고통은 우리 내면에서 비롯되기에 더욱 끔찍하다. 나는 이성과 자연이 비난하는 것뿐 아니라, 법과 관습이 권위를 준 그릇되고 모호한 여론 역시 악덕이라 여긴다(그러나 각 악덕은 그 경중에 따라 달리 판단한다).

마찬가지로 천성이 올바른 사람이라면 칭송받을 만한 행동을 하고 흡족해하지 않을 리 없다. 올바른 행동을 할 때 우리는 분명 만족감을 느끼며, 내적으로 기쁨을 맛보고, 자신의 양심을 속이지 않았다는 데서 고귀한 자부심을 느낀다. 악하지만 꿋꿋한 사람은 자기를 방어할 준비를 할 수는 있겠지만, 절대로 내적인 자기만족은 느낄 수 없다. 이렇게 썩어빠진 시대에 세상에 물들지 않고 스스로를 지켜냈다고 자부할 수 있다는 건, 결코 하찮은 만족감이 아니다.

"누군가 내 영혼의 밑바닥까지 들여다본다 해도 그는 내가 어떤 이의 불행이나 파멸을 바라지도, 복수심이나 시기심에 사로잡히지도, 법을 공공연하게 위반하지도, 질서의 전복이나 혼란을 기도하지도, 일구이언을 하지도 않았다는 사실을 알게 되리라. 비록 이 시대의 방종이 우리 모두에게 이를 허용하고 가르치고 있지만, 나는 프랑스에서 다른 이의 재산이나 지갑에 손을 댄 적이 없으며, 전쟁 중에도, 평화로울 때도 내가 가진 것만으로 살아왔다. 또한 나는 대가를 지불하지 않고 노동력을 사용한 적도 결코 없다." 이런 양심의 증언은 기쁨을 가져다주며, 이 정당한 기쁨은 우리에게 주어진 커다란 축복이다. 그것은 또한 우리에게 주어지는 결코 모자람이 없는 유일한 보상이기도 하다.

선한 행동에 대한 보상으로 타인의 인정을 바란다면 그건 너무 불확실하고 불안정한 무언가에 의존하는 것이다. 특히 우리가 살아가는 무지하고 썩어빠진 이 시대에 대중에게 존경받는다면 그것은 오히려 모욕이다. 칭송받을 만한 행동인지 어떻게 알수 있을까? 나는 매일 자화자찬하는 이들을 보는데, 그럴 때마다 이렇게 기도한다. 바라건대 제가 그런 식으로 선한 사람이 되지 않도록 신께서 지켜주시기를! "예전의 악덕은 오늘의 미덕이 되었다.(세네카)"

내 친구들 가운데 일부는 자발적으로, 혹은 내가 부탁을 해서 때로 거리낌 없이 나를 비판하고 질책했다. 그들은 스스로 가치 있고 사려 깊은 행동을 하고 있으며, 우정을 통해 선한 영혼을 돕는 가장 중요한 의무를 다하고 있다고 믿었다. 나는 늘 감사한 마음으로 정중하게 그들의 충고를 기꺼이 받아들였다. 그러나 이제 와 솔직히 말하자면, 그들의 칭찬과 비판은 너무나 부적절해서, 그 충고에 따라 선하게 살려고 하느니 내 방식대로 악하게 사는 편이 나을 것 같다는 생각이 종종 들 정도였다.

우리처럼 자신만이 알 수 있는 내면의 삶을 사는 사람이라면, 스스로 자기 행동의 시금석이 될 만한 내면의 기준을 세우고, 그 기준에 따라 때로는 자신을 칭찬하고 때로는 꾸짖을 수 있어야 한다. 나에게는 나를 재판하는 나만의 법과 재판소가 있고, 나는 다른 것보다 그것에 더 의지한다. 다른 사람의 기준에 맞출 때 내 행동은 제한되지만, 내 기준에 맞출 때 내 행동은 오히려 더 자유로워진다.

그대가 비겁하고 잔인한지, 아니면 충성스럽고 헌신적인지 아는 사람은 오직 그대뿐이다. 다른 사람은 그대를 제대로 보지 못하고 막연한 추측으로 짐작할 뿐이다. 그들은 그대의 진짜 본성이 아닌 겉으로 드러나는 모습만을 볼 뿐이다. 그렇기에 그대는 그들의 판단이 아닌 자신의 판단을 믿어야 한다.

그대가 의지해야 할 것은 그대의 판단이다. 미덕과

악덕을 인식하는 무게는 너무나 무거워서 그대가 그것을

없애버린다면, 모든 것이 무너져내리리라.

　　　　　　　　　　　　　　　　　　　　　　　　－키케로

　죄를 지으면 곧 후회가 뒤따른다. 그러나 이 말은 제집인 양 우리 안에 머물고 있는 극에 달한 죄에는 해당하지 않는 것 같다. 불현듯 우리를 사로잡아 정념에 휩싸이게 하는 악덕은 부인하고 부정할 수 있다. 그러나 오랜 습관으로 우리 안에 뿌리를 내리고, 강력하고 맹렬한 의지로 단단히 굳어진 악덕이라면, 그에 맞서기가 쉽지 않다. 후회는 우리의 의지를 스스로 부정하는 것에 불과하다. 이는 우리 마음속에서 일어나는 일종의 모순이며, 이로 인해 우리는 방향을 잃고 갈팡질팡하게 된다.

　남들이 보지 않는 데서도 단정하게 생활하는 것은 비범한 자질이다. 누구나 무대 위에서는 제 역할을 충실히 하며 정직한 사람인 체할 수 있다. 그러나 중요한 것은 마음 깊은 곳에서, 즉 모든 것이 허용되고 모든 것이 감춰지는 내면에서 자제력을 잃지 않는 것이다. 그다음 단계에서는 자기 집에서, 일상적인 행동에서 그렇게 할 수 있어야 한다. 그럴 때 우리는 비로소 누구에게도 설명할 필요가 없는 상태, 그 어떤 것도 가식적이거나 인위적이지 않은 상태에 이르게 된다.

　그래서 현자 비아스*는 "그 주인이 법과 사람들의 입길에 오

136

르내리는 것을 염려하여 밖에서나 안에서나 똑같이 행동하는 가문"이야말로 훌륭한 가문이라고 말했다. 또한 로마 호민관 드루수스 율리우스**는 3천 에쿠를 주면 이웃들이 더 이상 그 집을 들여다볼 수 없게 집을 고쳐주겠다고 제안한 일꾼들에게 고매한 태도로 이렇게 답했다. "내가 자네들에게 6천 에쿠를 줄 테니 누구나 사방에서 우리 집을 들여다볼 수 있도록 집을 고쳐주게." 여행을 할 때면 성당에 머물면서 사람들과 신마저 그의 사사로운 행동을 지켜볼 수 있게 한 고대 그리스 철학자 아르게실라오스의 습관 역시 높이 살 만하다. 어떤 사람은 겉으로는 무척 비범해보이지만, 그의 아내나 하인의 눈에는 그다지 특별하지 않을 수 있다. 가장 가까운 사람에게까지 존경받는 이는 정말 드물다.

역사적으로도 증명되었듯이, 누구도 자기 집이나 고향에서는 선지자가 되기 어렵다. 중대한 일뿐 아니라 사소한 일에서도 가까운 사람에게 인정받기란 쉽지 않다. 내 소소한 경험을 이야기하자면, 고향인 가스코뉴에서는 내 글이 출판된다는 사실조차 신기하게 여긴다. 그런데 고향에서 멀어질수록 나에 대한 평판은 오히려 더 좋아진다. 기엔 지방에서는 내가 인쇄업자에게 인사를 건네야 하지만, 다른 곳에서는 그들이 나를 환대한다.

---

* 그리스 7대 현인 중 한 사람인 프리에네의 비아스Bias de Priene를 말한다.
** 기원전 91년에 민중의 호민관이었던 마르쿠스 리비우스 드루수스Marcus Livius Drusus로 추정되며, 엄격한 도덕성을 자랑했다고 한다.

살아 있을 때 자신을 드러내지 않고 죽은 뒤에 사람들에게 칭송받기를 기대하는 것도 바로 이런 이유 때문이리라. 그러나 나는 차라리 덜 존경받더라도, 진정 가치 있는 평판을 위해서 세상에 나를 드러내겠다. 그렇게 한다면 이 세상을 떠날 때, 더는 세상에 미련을 두지 않을 수 있을 것이다.

공개적인 행사를 치른 뒤, 자기를 우러러보는 사람들의 에스코트를 받으며 자기 집 앞까지 온 사람은 예복을 벗으면서 자신의 역할도 내려놓는다. 그는 높이 올라갔던 만큼 더욱 낮아진다. 그 집 안에 있는 모든 것이 뒤죽박죽이고 형편없다. 그 상태를 통제하는 질서가 존재한다 해도, 그것을 분간해내려면 매우 예리하고 날카로운 판단력이 필요할 것이다. 더구나 정연함이란 지루하고 음울한 미덕이다. 반면 적진을 돌파하고, 사절단을 인도하고, 백성을 다스리는 것은 빛나는 활동이다. 꾸짖고 웃고, 팔고 값을 치르고, 사랑하고 증오하고, 벗들은 물론 자기 자신과 평온하고 올바르게 이야기를 나누고, 체념하지 않고, 자가당착에 빠지지 않는 것, 바로 이런 것이 눈에 띄지는 않아도 행하기 어려운 일들이다.

사람들이 뭐라고 하든, '은거하는' 삶에도 고된 의무가 수없이 많다. 아리스토텔레스는 개인적인 삶을 사는 사람이 중요한 직책에 있는 사람보다 더 큰 노력을 기울여 미덕을 실천하려 한다고 말했다. 우리는 의무감보다는 명예를 얻기 위해 중대한 일에 뛰어들 준비를 한다. 영광에 이르는 가장 빠른 길은 영광을 위해서가 아니라 의무로서 그 일을 수행하는 것인데도 말이다.

　그래서 알렉산드로스 대왕의 눈부신 미덕보다 소크라테스의 겸손하고 묵묵한 미덕이 더욱 진정성 있게 다가온다. 소크라테스는 알렉산드로스의 자리를 대신할 수 있지만, 알렉산드로스는 소크라테스의 자리를 대신할 수 없다. 알렉산드로스에게 무엇을 할 줄 아느냐고 묻는다면, 그는 "세상을 정복하는 일"이라고 답할 것이다. 같은 질문에 소크라테스는 "타고난 운명에 따라 인간다운 삶을 사는 일"이라고 답할 것이다. 이것이야말로 훨씬 더 보편적이고, 훨씬 더 어려우며, 훨씬 더 깊이 있는 지혜가 요구되는 일이다.

　영혼의 가치는 높이 오르는 데 있는 것이 아니라, 바르고 참되게 오르는 데 있다. 그 고귀함은 영광 속에서가 아니라 일상 속에서 드러난다. 우리 내면을 판단하고 평가하는 이들은 과장된 행동을 중요하게 여기지 않는다. 그들은 그런 행동을 진흙투성이의 밑바닥에서 겨우 솟아난 실개천에 불과하다고 생각한다. 마찬가지로 외모의 아름다움을 보고 우리를 판단하는 이들은 우리의 내면도 그러하리라 착각하며, 저 밖에서 보면 놀랍게 여겨지는 우리의 자질이 사실 그들도 가지고 있는 평범한 자질과 다르지 않음을 깨닫지 못한다. 그래서 우리는 악마를 검고 짙은 눈썹과 한껏 벌어진 콧구멍을 하고 얼굴이 사납고 체구가 거대한 무시무시한 형상으로 상상한다. 티무르를 그의 명성에 걸맞게 과장된 모습으로 상상하는 것처럼 말이다.

　만약 내가 과거로 돌아가 에라스무스를 만난다면, 그가 하인이나 손님에게 하는 말을 모두 격언이나 금언으로 여길 수밖에 없을 것이다. 우리는 훌륭한 품행과 능력으로 존경받는 재판장보다 변기 위에 앉아 있거나 자기 아내 위에 올라타 있는 일꾼의 모습을 훨씬 더 쉽게 떠올린다. 저 높은 왕좌에 앉아 있는 사람이 저 아래로 내려와 평범한 삶을 살아가는 모습은 상상하기 어렵다.

악한 사람이 외부의 자극을 받아 선한 행동을 할 수 있는 것처럼, 선한 사람도 때때로 악한 행동을 할 수 있다. 그러므로 사람을 판단할 때는 그들이 본래의 상태에 있을 때, 즉 그 영혼이 '제 집'에 머물러 있을 때를 보아야 한다. 적어도 그들이 휴식에 가까운 상태에 있을 때, 즉 타고난 성향 그대로를 드러낼 때 판단하는 것이 바람직하다. 타고난 성향은 교육을 통해 긍정적인 방향으로 발전시키고 확고히 할 수 있지만, 근본적으로 변화시키거나 극복하기란 불가능에 가깝다. 내가 알기로, 이 시대의 많은 사람이 균형 잡힌 교육을 받았음에도 여전히 미덕이나 악덕으로 기울어져 있다. 마치 숲의 기억을 잃어버린 맹수들처럼 말이다.

> 맹수들은 우리에 갇혀 길들고 사나운 눈빛을 잃어버렸다네.
> 인간의 지배에 순응하는 법을 배웠으나 아주 조금의 피라도 입에 닿으면,
> 그 맹렬함과 사나움이 깨어나 피 맛을 본 목구멍이 벌렁거리고,
> 흥분하여 날뛰며 겁에 질린 주인을 물어뜯으려 한다네.
>
> — 루키아노스 Lucianus[24]

이러한 타고난 성향은 뿌리째 뽑을 수 없으며, 그저 감추거나 덮어놓을 수 있을 뿐이다. 라틴어는 나에게 너무나 자연스러워서 프랑스어보다 더 쉽게 이해된다. 이제 라틴어를 사용하지 않은 지 40년이 되어간다. 그럼에도 두세 번 뜻밖의 극렬한 감정을 경험했을 때, 예를 들어 건강하던 아버지가 갑자기 쓰러져 의식을 잃었을 때 내 깊은 내면에서 가장 먼저 떠오른 말은 라틴어였다. 그토록 오랜 시간 프랑스어를 연습했는데도, 본디부터 알고 있던 것 같은 라틴어가 나도 모르게 튀어나와 버린 것이다. 그리고 이런 일은 다른 사람들에게서도 흔히 일어난다.

이 시대에 새로운 사고방식으로 사람들의 풍속을 변화시키려 했던 이들은 겉으로 드러나는 악습만을 바꾸었을 뿐, 내면의 본성에서 비롯된 악습은 그대로 두고 그것이 더 증가하지 않는 데 만족했다. 악덕의 증가를 우려해야 하는 이유는, 사람들이 적은 노력으로 더 큰 명예를 얻을 수 있는 이런 피상적인 변화를 앞세우면서 선행을 위한 진정한 노력을 쉽게 포기하기 때문이다. 그러면 우리 안에 깊이 자리 잡은 타고난 악덕은 쉽게 우리를 끌어당긴다. 그것이 우리의 경험에 어떤 영향을 미치는지를 잠시 지켜보라. 조금만 자신에게 귀를 기울여보면 누구든 자신만의 특성, 자기를 지배하는 특성을 발견할 수 있다. 이런 특성은 교육이나 그에 반하는 외부의 강력한 충격에 저항하려 한다.

나로 말하자면, 나는 외부의 충격에 거의 동요하지 않는다. 나는 무겁고 둔중한 물체가 그러하듯, 대체로 항상 그 자리에 있다.

혹여 내가 잠시 본정신을 잃는다고 해도, 늘 거기서 아주 가까운 곳에 머무르며, 일탈을 한다고 해도 멀리까지 벗어나지는 않는다. 일탈이라고 해봤자 기이하거나 극단적인 행동을 하지도 않지만 말이다. 나는 늘 흔들림 없이 단호하게 올바른 생각으로 되돌아온다.

이 시대 사람들의 평범한 삶의 방식에서 진정으로 비난받아야 할 점은, 그들이 세상에서 벗어나 은거하는 삶을 살면서도 여전히 부패와 타락에 휘말려 있다는 것이다. 그들은 자신의 잘못을 바로잡으려 노력하지도 않을뿐더러, 그들의 속죄는 지은 죄에 비해 하찮고 부적절하다. 어떤 이들은 타고난 본성이나 오랜 습관으로 악덕에 얽혀 있다 보니 그 악덕이 얼마나 추한지조차 깨닫지 못한다. 또 다른 이들(나를 포함하여)은 악덕을 무겁게 받아들이지만, 쾌락이나 다른 것들로 그런 마음을 상쇄하고 모른 척하려 한다. 심지어 어떤 상황에서는 비겁하고 비열하게 악덕에 동조한다. 유용하다는 이유로 쾌락이 용인되는 것처럼, 쾌락이 죄를 정당화할 수 있는 극단적인 상황도 존재할 수 있다. 좀도둑질처럼 고의 없이 우발적으로 죄를 저지르는 경우뿐 아니라, 강렬하고 때로는 거역할 수 없는 충동으로 여성과 육체적 관계를 맺는 상황처럼 그 행위 자체가 죄가 되는 경우도 있다.

아르마냑에 머물던 어느 날, 나는 한 친척의 농장에서 농부 한 명을 만났는데, 모두가 그를 '도둑놈'이라고 부르고 있었다. 그는 내게 자신이 어떻게 살아왔는지를 들려주었다. 찢어지게 가난한 집에서 태어난 그는 노동으로 돈을 벌어도 가난을 벗어날 수 없다는 사실을 깨닫고는 도둑질을 하기로 결심했다. 그는 힘이 장사여서 젊은 시절 내내 큰 탈 없이 도둑질을 할 수 있었다. 남의 땅에서 농작물을 훔쳐서 가져갈 때는 아주 먼 거리를 이동하기도 했고, 어찌나 많은 양을 옮기는지 어떻게 한 사람이 하룻밤 사이에 그 모든 것을 어깨에 메고 올 수 있는지 상상이 가지 않을 정도였다. 게다가 그는 도둑질로 인한 피해가 넓은 지역에 공평하게 분산되도록 신경을 썼기 때문에, 피해를 입은 사람들은 이를 그냥 넘겼다.

현재 그는 자신의 처지에 비해 자신이 부유하다고 생각하며, 그 부유함이 도둑질 덕분이라고 솔직하게 말한다. 그는 자신의 죄에 대해 하느님과 화해하기 위해, 도둑질의 피해를 입은 이들의 후손들에게 매일 선행을 베푸는 데 전념하고 있다. 만약 그가 모든 일을 마치지 못한다면(동시에 모든 사람에게 속죄를 할 수는 없으므로), 자신이 알고 있는 만큼 각자에게 끼친 손해를 추정하여 후손들이 그 일을 계속하게 할 것이라고 말했다.

그의 말이 진실이든 거짓이든, 그는 도둑질을 비양심적인 행동이라 생각하고 꺼렸지만, 가난보다는 도둑질이 낫다고 믿었다. 그는 도둑질을 뉘우치지만, 동시에 자신의 과오가 이렇게 상쇄되고 보상되므로 후회하지는 않는다고 말했다. 이는 악덕의 습관에 익숙해져 그것을 정상적인 것으로 판단하는 것과는 다르며, 갑작스러운 충격으로 영혼이 눈멀고 판단력이 흐려지는 것과도 다르다.

지나간 일에 대해서는 후회하지 않는다

나는 대체로 모든 일을 철저하게 완수하며, 처음부터 끝까지 일관되게 행동한다. 이성에 어긋나거나 이성을 벗어난 행동을 하지 않으며, 거의 모든 일을 내면의 모든 부분이 일치할 때만 실행한다. 비난이나 칭찬도 전적으로 내 판단에 따른다. 한번 잘못이라고 판단하면, 좀처럼 입장을 바꾸지 않는다. 날 때부터 나는 줄곧 변하지 않았고, 같은 성향을 유지해왔으며, 같은 힘으로 같은 길을 가고 있다. 일반적인 관념에 관해 말하자면, 나는 어린 시절에 받아들인 관념을 이후에도 일관되게 고수해왔다.

충동에 의해 갑작스럽게 저지르는 죄는 논외로 하겠다. 그러나 자주 반복하고 깊이 고민하며 실행한 죄, 즉 '기질'에 의해 저지르는 죄 그리고 직업이나 일과 관련된 죄는 이성과 양심이 있는 사람이라면 지속적으로 원하고 용인하지 않는 이상, 한 사람의 마음에 그렇게 오래도록 굳어져 있을 수 없다. 그러므로 그런 죄를 지은 사람이 한순간에 깨달았다고 자랑스럽게 떠벌리며 하는 후회는 이해하기 어렵고 상상조차 하기 힘들다.

신탁을 받으려면 신들의 동상 가까이에 가서 새로운 영혼을 얻어야 한다는 피타고라스학파의 주장에 나는 동의하지 않는다. 그 주장이 의미하는 바가 우리의 영혼이 그런 의식을 치를 정도로 순수하고 깨끗하지 못하기에 그 의식에 알맞은 새로운 영혼을 가져와야 한다는 뜻이 아니라면 말이다.

후회하고 있노라고 자랑스레 떠벌리는 이들은 스토아 철학의 가르침과 정반대로 행동하는 것이다. 스토아 철학은 내면적으로 우리가 자각하는 결점과 악덕을 고쳐야 한다고 하면서도 우리 영혼의 평온을 해쳐서는 안 된다고 가르치기 때문이다. 그런 사람들은 속으로 크게 후회하며 진심으로 뉘우치는 것처럼 행동한다. 그러나 그들이 정말로 자기의 나쁜 행실을 고치거나 교정하거나 그만뒀는지는 알 수 없다. 자신의 악습에서 벗어나지 않으면 치유는 불가능하다. 후회를 저울 한쪽에 놓아보면, 그것의 무게는 죄보다 무거울 것이다. 신앙심을 가진 사람답게 행동하고 살지 않는다면 신앙심만큼 위장하기 쉬운 태도도 없다고 생각한다. 신앙심의 깊은 본질은 이해하기 어렵고 감춰져 있지만, 겉으로 드러나는 모습은 쉽게 가장할 수 있기 때문이다.

나는 지금의 나와는 다른 사람이 되기를 간절히 바랄 수 있다.

나는 평범하게 사는 나 자신을 싫어할 수 있고, 하느님께 나를 완전히 다른 사람으로 바꿔달라고, 나의 타고난 결점을 용서해달라고 간청할 수도 있다. 그러나 나는 이를 '후회'라고 부르지 않는다. 내 자신이 천사나 카토*와 같지 않다고 실망하는 것을 후회라고 부를 수는 없지 않겠는가.

내 행동은 나라는 존재와 내가 처한 환경에 어울리며, 거기에 맞게 조율되어 있다. 나는 이보다 더 잘할 수 없다. 후회란 우리 능력으로 어찌할 수 없는 것에 대해서 하는 것이 아니다. 그런 것에 대해서는 오히려 애석하다고 말해야 옳을 것이다. 나는 내 품성보다 더 고상하고 더 절제된 수많은 품성을 상상해보지만, 그렇다고 내 타고난 능력이 더 나아지지는 않는다. 내 팔이나 내 정신이 더 강했으면 어땠을까 상상해본들, 그렇게 되지 않는 것처럼 말이다.

더 고귀하게 행동할 수 있기를 바라면서 우리 행동을 후회한다면, 가장 고결한 우리 행동마저도 후회해야 할 것이다. 더 좋은 품성을 갖고 있다면 보다 완벽하고 품위 있게 행동할 수 있을 것이고, 그렇게 되기를 바라는 것은 어쩌면 당연한 일이다. 젊었을 때와 노년이 된 지금의 행동과 비교해보면, 나는 대체로 내 방식대로 처신해왔고 그것이 내가 할 수 있는 최선이었다. 자화자찬을 하자는 것이 아니다. 비슷한 상황이 와도 나는 늘 마찬가지일

---

*   몽테뉴가 존경해 마지않는 소⁀카토를 말한다.

것이다.

나는 나의 오점을 보여줄 수 없다. 내 전 존재가 바로 그 오점의 색으로 덮여 있기 때문이다. 나는 피상적이며 어중간하고 의례적인 후회는 알지 못한다. 그것이 내 모든 곳에 타격을 입힐 때, 내 폐부 깊숙이 스며들 때 그리고 신이 나를 바라보듯 저 깊숙한 곳까지 그 모든 것에 영향을 미칠 때, 나는 비로소 그것을 후회라 부른다.

일에 관해서는, 내가 제대로 처리하지 못하는 바람에 여러 번 좋은 기회를 놓치고 말았다. 그렇지만 나는 주어진 상황에 맞게 올바른 선택을 했다. 언제나 가장 수월하고 가장 확실한 쪽을 택하는 것이 내 원칙이었다. 과거의 결정을 돌아보면, 상황을 고려하여 내 규칙에 따라 신중하게 처신하려 했다. 비슷한 상황이 다시 온다면, 나는 천년 동안이라도 같은 결정을 내릴 것이다. 나는 지금 그 일의 결과에 대해 이야기하는 것이 아니다. 다만 당시 상황에서 내가 어떤 결정을 내렸는지를 되짚어보고 있을 뿐이다.

모든 계획의 가치는 시기에 따라 결정된다. 기회와 조건은 끊임없이 변화하기 때문이다. 나는 살면서 올바른 판단을 못 해서가 아니라 운이 따라주지 않아 몇 가지 중대한 실수를 저질렀고, 그에 따라 심각한 결과를 감당해야 했다. 우리가 다루는 일에는 비밀스럽고 예측하기 힘든 요소가 있으며, 특히 사람의 본성과 관련해서는 표현되지 않거나 눈에 보이지 않고, 때로는 당사자 자신조차 모르는 것도 있다. 이런 것은 급작스러운 사건이 발생할 때 드러난다.

내 지혜가 이를 감지하고 예측하지 못했다고 해서 지혜를 탓하고 싶지는 않다. 지혜는 그 역할의 한계 내에 머물기 때문이다. 상황이 내 예측과 다르게 전개되어 내가 거부했던 선택이 더 나은 결과를 낳았다 해도 어쩔 수 없다. 나는 나 자신을 원망하지 않으며, 나의 행동이 아닌 불운을 탓할 뿐이다. 이것을 후회라고 부를 수는 없다.

고대 아테네의 장수 포키온은 아테네인에게 조언했으나 그들은 따르지 않았다. 그런데도 일이 순조롭게 진행되자 누군가 그에게 말했다. "그래, 포키온, 일이 잘 진행되니 만족스러운가?" 그러자 포키온은 이렇게 대답했다. "물론, 일이 잘 풀려가니 만족하네만, 내가 다른 길을 조언한 것을 후회하지는 않는다네."

친구들이 내게 조언을 구하면, 나는 주저하지 않고 충고한다. 그런데 세상사 대부분이 그렇듯, 상황이 어떻게 전개될지 예측하기는 어렵기 때문에 일이 내 예상과 반대로 흘러갈 수도 있다. 그렇다고 해서 비난을 받을까 염려해 충고를 망설이지는 않는다. 나는 그런 것을 개의치 않으며, 만약 친구들이 나를 비난한다면 그건 그들의 잘못이다. 친구들에게 도움이 되는 일을 거절할 수는 없는 노릇 아닌가.

나는 내 잘못이나 불운에 대해 오직 나만을 탓한다. 그도 그럴 것이 그저 예의상, 아니면 사실에 대한 정확하고 상세한 정보가 필요한 때가 아니라면 다른 사람에게 거의 의견을 구하지 않기 때문이다. 내 판단으로도 충분한 일에 대해서라면, 다른 사람의 의견이 내 관점을 보강해줄 수는 있겠지만, 그것이 내 생각을 바꾸지는 못한다. 나는 타인의 의견을 매우 공손하고 긍정적인 태도로 듣지만, 내가 기억하는 한 나는 지금껏 나의 의견만을 신뢰해 왔다. 생각하건대, 나의 의지를 방해하는 것은 파리와 먼지밖에 없다. 내 의견이 크게 훌륭하다고 생각하지 않지만, 다른 이의 의견 역시 그다지 훌륭하다 생각하지 않는다.

나는 운이 꽤 좋은 편이어서, 다른 이의 조언을 받는 일이 드물고 다른 이에게 조언을 하는 일은 더욱 드물다. 내게 조언을 구하는 사람도, 내 조언을 따르는 이도 거의 없다. 공적인 일이든 사적인 일이든 내 충고 덕분에 일이 바로 잡히고 복구된 경우는 본 적이 없다. 어쩌다 내 의견을 따랐던 사람도 내 생각과 전혀 다른 생각에 쉽사리 흔들리는 모습을 자주 보았다. 그러나 나는 그러는 편이 더 좋다. 내가 영향력을 발휘하는 것만큼이나 평온하게 지낼 권리를 소중히 여기기 때문이다. 사람들이 내 말을 따르지 않는 것, 그것이 사실 내가 바라는 바이다. 그래야만 나에게 집중하며 온전히 홀로 지낼 수 있다. 다른 사람의 일에 더는 얽히지 않고, 신경 쓸 필요가 없다는 것은 내게 반가운 일이다.

어떤 일이든 나는 지나간 일에 대해서는 별로 후회하지 않는다. 어차피 일어날 수밖에 없었던 일이라고 생각하면 괴로움도 사라진다. 이제 그 일은 우주의 거대한 흐름 속에, 스토아철학에서 말하는 인과의 사슬에 속해 있다. 온 우주의 순리가 과거와 미래를 완전히 뒤집지 않는 한, 그대가 아무리 생각하고 바라며 상상하더라도 이미 일어난 일의 단 한 부분도 바꾸지 못한다.

그럼에도 나이로 인한 후회는 견디기가 어렵다. 고대의 한 철학자는 쾌락에 초연하게 해준 세월에 감사함을 느낀다고 말했지만, 나는 동의할 수 없다. 설령 무력함이 이롭다 해도 나는 절대로 그것에 감사할 수 없다. "더구나 나약함을 최고의 덕목으로 꼽을 정도로 자연이 자신의 작품에 적대적일 리 없다.(퀸틸리우스)"

노년에는 욕망을 느끼는 일이 줄어든다. 사랑을 나눈 뒤 저 깊은 곳에서부터 넘치는 포만감을 느끼기 때문이다. 이는 양심의 문제가 아니라 자연스러운 변화이다. 우울과 허약함이 우리를 나약하게 만들지라도, 세월의 흐름에 휩쓸려 판단력까지 퇴행하게 놔두어서는 안 된다. 젊음과 즐거움이 쾌락 속에서도 내가 악덕의 얼굴을 알아보는 것을 막지 못했듯이, 지금 세월이 가져오는 권태도 내가 악덕 속에서 쾌락의 얼굴을 알아보는 것을 막지 못한다.

이제는 더는 젊지 않지만, 젊었던 때처럼 판단해야 한다. 주의 깊게 이성을 일깨워보니, 지금의 이성도 내가 가장 방탕했던 젊은 시절의 이성과 크게 다르지 않은 것 같다. 물론 세월이 흘러 조금 약해지고 퇴화했을 수는 있지만 말이다. 예전에는 이성이 나의 정신 건강을 위해 내가 쾌락에 빠지지 않게 했다면, 지금은 신체적 건강을 위해 그렇게 하는 것 같다. 이성이 전투를 멈췄다고 해서 이제 용맹함을 잃었다고 생각지는 않는다. 그저 이제는 내 욕망이 완전히 무력화되고 억제되어서, 이성이 굳이 나서 싸울 필요가 없어진 것이다.

지금은 욕망이 찾아와도 손을 휘젓기만 하면 금세 내쫓을 수 있다. 하지만 예전처럼 강력한 욕망을 마주했을 때, 이성이 과연 그때처럼 강하게 저항할 수 있을지 걱정이 된다. 나는 현재의 이성이 과거의 이성과 같은 방식으로 판단하고 있다고 믿지만, 새로운 통찰을 얻었다고 생각하지는 않는다. 그래서 이성이 표면적으로는 괜찮아 보여도, 그 상태가 지속될지에 대한 불안감은 여전히 남아 있다.

병에 걸리고 나서야 건강을 돌보겠다고 한다면, 그 얼마나 한심한 대책인가! 어려움이나 문제를 극복하는 것은 운수가 아닌 우리의 올바른 판단력에 달려 있다. 고통과 불행이 내게 미칠 수 있는 영향이라고는 그들을 저주하는 것밖에 없다. 그런 불운은 채찍을 맞아야 정신을 차리는 사람들의 이야기일 뿐이다! 나의 이성은 행복할 때 더욱 자유롭게 운신한다. 이성은 즐거움보다 불행을 다스릴 때 훨씬 더 힘겨워하고 쉬이 지친다. 이성은 평온한 상태에서 훨씬 더 명징하게 드러나기 때문이다.

건강은 질병보다 더 반갑고 유익한 경고이다. 건강할 때 나는 더 건강해지기 위해 노력했고 절제된 삶을 살았다. 활기차게 정력적으로 살았던 젊은 시절보다 노년의 불행과 비참함이 더 낫다고 생각해야 하고, 지금 내 모습이 아니라 이제는 멈춰버린 예전의 모습으로 사람들에게 평가받아야 한다면, 치욕적이고 실망스러울 것이다. 인간을 행복하게 하는 것은 행복하게 사는 것이지, 안티스테네스가 말한 것처럼 행복하게 죽는 것이 아니다.*

나는 죽음 앞에 있는 한 인간의 영혼과 육체에 철학자의 꼬리표를 붙이려고 한 적이 없다. 또한 철학이라는 부수적인 요소가 내 삶의 가장 아름답고 가장 완전하며 가장 오래 지내온 부분을 부정하고 반박하는 것도 원치 않는다. 나는 어느 면에서 보더라도 한결같은 모습으로 나 자신을 드러내고 싶다.

만약 다시 살 수 있다면, 나는 내가 살아왔던 것처럼 다시 살 것이다. 나는 이제 과거도 미래도 염려하지 않는다. 내가 착각하는 게 아니라면, 내 삶은 안과 바깥에서 모두 그렇게 흘러왔다. 내 신체의 변화가 저마다 제때 이루어진 것은 운명에 감사할 일 중 하나다. 나는 삶의 초목과 꽃 그리고 열매를 보았고, 이제는 그것이 시들어가는 것을 보고 있다. 그러나 이는 자연스러운 일이기에 나는 행복하다. 지금의 고통이 제때 찾아왔기에, 나는 이를 더욱 수월하게 견딜 수 있다. 그리고 그 덕분에 오랫동안 이어졌던 행복했던 지난 시절을 더욱 흐뭇하게 추억할 수 있다. 나의 지혜도 마찬가지이다. 그것은 내 삶의 어느 때에나 같은 크기를 유지할 수 있을 것이다. 그러나 예전에는 더 훌륭하게 행동했고, 더 우아했고, 더 활기찼고, 더 즐거웠고, 더 자연스러웠다. 지금은

---

*   우리는 여기서 몽테뉴의 생각이 변화했다는 것을 알 수 있다. 앞서 그는 "철학을 공부하는 것이란 죽는 법을 배우는 것"이라고 말했기 때문이다.

무기력하고 불평을 입에 달고 살며 고되기만 하다. 그래서 나는 고통을 감수하며 일시적으로나마 내 상태를 회복시키려는 시도를 단념한다.

신께서 우리 마음을 만져주셔야 한다. 우리 양심은 그저 욕망이 사그라져서가 아니라, 더욱 단단해진 이성이 스스로 옳은 길을 찾음으로써 더 나은 방향으로 나아가야 한다. 쾌락은 흐리고 뿌연 눈으로 바라본다고 해서 무미건조하고 우중충해지지 않는다. 절제는 지조처럼 그 자체로 희구되어야 하며, 신이 우리에게 내린 명령으로서 존중되어야 한다.

노년에 자질구레한 역경을 겪으며 그리고 신장통을 견디며 얻은 게 있다면, 그것은 절제도 지조도 아니요, 쾌락의 힘을 깨달은 것이다. 쾌락의 매력, 가장 매혹적인 그 아름다움을 보지 못하고 알지 못한다면, 쾌락을 무시하고 그것에 맞서 싸웠노라고 떠벌릴 수 없다. 나는 젊음도 노년도 모두 경험했기에 이 둘에 대해 말할 수 있다. 그러나 노년에는 우리 영혼이 젊을 때보다 더 성가신 질병과 결함에 시달리게 되는 것 같다.

젊었을 때도 이런 말을 하긴 했는데, 그때는 턱수염도 없는 젊은 것의 말이라며 비웃음을 당하기만 했다. 턱수염이 허옇게 세어 그런 말을 해도 인정을 받게 된 지금도 나는 똑같이 말한다. 사람들은 까다롭고 불만족스러운 태도를 '지혜'라고 여긴다. 하지만 우리는 악덕을 버리는 것이 아니라 다른 형태로 바꿀 뿐이며, 내 생각에는 더 나쁜 쪽으로 바꾼다. 어리석고 헛된 자존심,

지루한 수다, 성마르고 괴팍한 성격, 미신 그리고 이제는 쓸 데도 없는 재물에 대한 남세스러운 욕심과 더불어 노년에는 시기도, 불의도, 악의도 더 많아진다고 나는 생각한다.

세월은 얼굴보다 마음에 더 많은 주름을 남긴다. 늙어가면서 시큼하고 쾨쾨한 냄새를 풍기지 않는 영혼은 없거나, 있다 해도 극히 드물다. 한 인간의 모든 부분은 성장하고 나면 점차 시들어가는 것이 자연의 이치 아니겠는가.

소크라테스의 지혜와 그가 사형 선고를 받은 여러 정황을 보면, 그가 의도적으로 그 일을 자초하지 않았나 생각된다. 일흔 살에 가까워지면서 이전의 왕성한 정신활동이 무뎌져가고, 언제나 명철했던 정신이 흐릿해지고 있다는 것을 소크라테스가 스스로 느꼈다면 말이다.

내가 아는 많은 사람에게서 보이는 노년이 일으키는 저 변화라니! 그것은 우리 안에서 부지불식간에 퍼지는 무시무시한 질병이나 다름없다. 늙어가는 우리를 괴롭히는 결함을 피하거나 적어도 그것이 악화되는 것을 늦추려면 만반의 대비를 하고 끊임없는 노력을 기울여야 한다. 모든 방법을 동원해도 노년은 하루하루 나를 잠식해간다. 가능한 한 버텨보겠지만, 늙음이 결국 나를 어디로 데려갈지는 알 수 없다. 그럼에도 사람들이 내가 어떤 삶을 살았는지 알아준다면 그것만으로도 기쁠 것이다.

남겨둔 것을 돌아보면 자유로워질 수 없다

홀로 있는 삶과 사람들과 어우러져 사는 삶의 옳고 그름을 식상하게 따지지 말자.* 그런데 우리가 개인의 이익이 아니라 세상을 이롭게 하기 위해 태어났다는 거창한 말에는 어떤 의미가 있을까? 그 말 뒤에 야망과 탐욕이 숨겨져 있지는 않을까?

이 문제에 대해서는 언제나 진취적인 태도로 삶을 대하는 사람들에게 물어보자. 그들이 자기 자신을 솔직하게 성찰한다면, 공적인 일에서 사욕을 채우기 위해 지위니 임무니 하는 세상사에 열중하고 있다는 것을 인정하지 않을까? 이 시대 사람들이 높

---

* 플라톤, 아리스토텔레스, 키케로 이후 16세기에 이 문제는 철학에 있어 흔한 토론 주제가 되었다.

은 지위에 오르기 위해 동원하는 비열한 방법은 그들이 도달하려고 하는 목표가 얼마나 불온한지를 여실히 보여준다.

야망에 관해서라면, 오히려 홀로 있는 삶에 대한 취향이 바로 야망이라고 말하고 싶다. 야망이 가장 꺼리는 것이 사람들과 더불어 살아가는 것 아닌가? 어디에도 얽매이지 않고 자유롭게 행동하는 것이야말로 야망이 추구하는 바가 아니겠는가?

우리는 어디서나 선한 행동을 할 수 있고 악한 행동을 할 수도 있다. 그러나 고대 그리스 현자 비아스의 말을 믿는다면, 대부분의 인간은 악하거나 또는 전도서에 쓰인 것처럼 "천 명의 인간 중에 선한 이는 단 하나도 없다."

그래서 사람들 틈에 있을 때 전염은 매우 위험하다. 악인을 모방하거나 증오해야 하는데, 두 가지 태도 모두 위험하다. 그 수가 많다고 하여 악한 자를 모방하면 그들을 닮아갈 위험이 있고, 우리와 다르다 하여 악한 자를 증오하면 너무나 많은 사람을 증오할 위험이 있어서다.

바다로 나가는 상인이 같은 배에 타는 사람들 가운데 방탕하거나, 불경하거나, 악독한 사람이 있지는 않은지 살피는 것은 당연하다. 그들과 함께 있으면 불운이 닥칠 수 있기 때문이다.

그래서 비아스는 자기와 함께 사나운 폭풍을 맞으며 위험에 처한 이들이 신에게 도움을 청하자 농담조로 이렇게 말했다. "입들 다무시오, 당신들이 나와 함께 있다는 것을 신이 알게 되면 어쩌려고 그러시오!"

이보다 더 인상적인 이야기도 있다. 포르투갈 마누엘 왕의 임명으로 인도 총독으로 부임한 알부케르크는 태풍을 만나 생사의 갈림길에 놓이자, 한 어린 소년을 자기 어깨 위로 올렸다. 자신과 소년의 운명을 한데 묶어서 소년의 순진무구함으로 신을 감동시키고, 그 은총으로 자신의 목숨을 구하고자 했던 것이다.

현자는 어디에서도 만족하며 살 수 없고, 사람들 틈에서는 홀로인 듯 지낼 수 없다는 말을 하려는 것이 아니다. 다만 그는 선택할 수 있다면 사람들의 무리를 보는 것조차 피할 것이다.[25] 필요하다면 감내하겠지만, 자유롭게 선택할 수 있다면 홀로 있는 삶을 선택할 것이다. 또다시 사람들의 악덕을 용인해야 한다면, 자신 또한 악덕에서 충분히 벗어나지 못한 것이라고 생각하면서 말이다.

고대 그리스 법관 카론다스는 악한 자들과 어울리며 지내는 자들 역시 악하다고 여겨 그들을 처벌했다.

인간만큼 인간을 혐오하면서도 인간과 어울려 살아가는 존재는 없다. 인간의 악덕은 혐오를 낳고 인간의 본성은 타인과 더불어 살아가게 한다. 고대 그리스 철학자 안티스테네스는 악한 자들과 어울린다는 비난에 의사는 병자들 사이에서도 잘만 살아가지 않느냐고 응수했다. 그러나 환자의 건강을 회복시키기 위해 계속해서 병세를 관찰하고 질병을 접촉하는 의사는 결국 환자에게 감염되어 자신의 건강까지 해치고 만다.

내 생각에 홀로 있는 삶의 목적은 평온함과 안락함이다. 그러나 그 길을 제대로 찾아가지 못하는 경우가 허다하다. 자기는 일에서 손을 뗐다고 생각하지만 실은 다른 일로 옮겨갔을 뿐일 때가 많기 때문이다. 한 가정을 꾸리는 것도 한 나라 전체를 다스리는 것만큼이나 염려할 일이 많은 법이다. 제아무리 사소한 일이라도 정신이 그곳에 가 있어 온 신경을 집중하게 되는 탓이다. 별볼일 없는 집안일이라도 성가시기는 매한가지이니…….

설령 우리가 규칙과 밥벌이에서 벗어났다고 해도, 삶의 중대한 근심거리에서는 결코 벗어날 수 없다. 야망, 탐욕, 우유부단, 두려움 그리고 색욕은 우리가 다른 고장으로 옮겨가도 우리를 놓아주지 않는다.

이런 괴로움은 대개 수도원과 철학 수업에까지 우리를 따라온다. 사막도, 동굴도, 고행자의 거친 옷도, 금식도 우리를 여기서 떼어놓지 못한다.

사람들이 소크라테스에게 누군가는 여행을 하고도 별로 나아진 게 없다고 말하자 그는 이렇게 대답했다. "자기 자신을 데리고 다녔나 보군."

무엇을 찾으러 다른 태양 아래로 가는가?
제 땅을 떠난다고 한들 고통에서 벗어날 수 있겠는가?
— 호라티우스, 『서정시』

배에 실린 짐이 단단히 고정되어야 항해에 방해가 되지 않듯,

자신을 짓누르는 짐에서 자신과 자신의 영혼이 먼저 벗어나지 않으면 움직일수록 그 짐이 더욱 버겁게 느껴질 것이다. 환자를 다른 곳으로 옮기면 도움이 되기보다 외려 해가 된다. 말뚝을 움켜쥐고 흔들면 더 깊이 파고들듯이, 자루에 담긴 것처럼 환자를 흔들어대면 그에게는 더 큰 고통이 가해질 뿐이다. 그러므로 사람들에게서 멀찍이 떨어지는 것만으로는 충분치 않다. 장소를 바꾸는 것도 마찬가지다. 필요한 것은 뭇사람들의 생활방식에서 멀어지는 것이다. 자기 자신을 고립시키고, 오로지 자신에게만 의지해야 한다.

> 마침내 쇠사슬을 끊었노라고 그대는 말하리라.
> 사슬을 잡아당겨 마침내 그것을 끊어낸 어떤 개가 달아나고 있다.
> 여전히 목에 감겨 있는 긴 사슬을 질질 끌면서.
>
> — 페르시우스

우리는 묶인 사슬을 끌고 다닌다. 뒤에 남겨둔 것을 계속해서 돌아보고 머릿속이 그 생각으로 꽉 차 있는 한, 우리는 온전한 자유를 누릴 수 없다.

> 우리 마음이 정화되지 않는다면, 의지와 상관없이
> 얼마나 많은 싸움과 위험을 맞닥뜨려야 하겠는가?

정념에 휘둘리는 인간은 얼마나 지독한 근심에,

또 얼마나 커다란 두려움에 괴로워하겠는가!

오만과 방탕, 또 격정은 얼마나 우리를 피폐하게 만드는가!

허영과 나태는 또 어떠한가!

– 루크레티우스

시간의 흐름 속에서 되새기는 젊음의 가치

나는 사람들이 인간의 수명을 정하는 방식에 동의할 수 없다. 현자는 흔히 생각하는 것보다 수명을 훨씬 짧게 보는 듯하다. 소ᵃ 카토는 자살하려는 자신을 말리는 사람들에게 말했다.

"뭐라고? 삶을 포기하기에는 너무 이른 나이라는 비난을 내가 아직까지 들어야 한다고?"

어쨌든 그는 고작 마흔여덟 살이었지만, 그 나이까지 산 사람은 극히 적었기에 자신은 충분히 원숙하고 살 만큼 살았다고 생각했다.*

나는 잘 모르는 어떤 '흐름'이 몇 해를 더 살게 해주어 '자연스러운 죽음'을 맞을 것이라고 기대하는 이들이 있다면, 그들은 정말로 그렇게 될 수도 있을 것이다. 모두가 맞닥뜨릴 수밖에 없고 그들이 믿는 그 '흐름'을 끊을 수 있는 그 수많은 사고를 용케 피해갈 수 있는 특권이 있다면 말이다.

나이가 들 만큼 들어 기력이 다 쇠하여 죽기를 소망하고, 그것을 우리 삶의 끝이라 여기는 것은 얼마나 어리석은가? 그런 죽음이야말로 모든 죽음 중에서도 가장 보기 드물고 특이한 죽음이지 않은가? 우리는 천수를 누리고 맞는 죽음만을 '자연스러운' 죽음이라 말한다. 낙상으로 목이 부러지거나, 난파를 당해 익사하거나, 흑사병이나 늑막염에 걸려 병사하는 것은 '자연을 거스르는' 죽음이라는 듯이, 그 모든 위험에 노출되어 있는 것이 우리의 보편적인 운명이 아니라는 듯이 말이다!

듣기 좋은 말에 휘둘려 헛된 환상을 품지 말자. 보편적이고, 대다수에게 적용되며, 평범한 것이라야 '자연스럽다'라고 부를 수 있다. 노쇠하여 죽는 것은 흔하지 않고 예외적이며 특별한 죽음이므로 다른 죽음보다 그만큼 덜 자연스럽다. 그것은 최후의, 궁극적인 죽음의 방식이며, 그런 죽음은 우리와 너무나 동떨어져 있어서 더욱 기대하기가 어렵다. 그런 죽음은 자연의 법칙이 넘지 못하도록 금지해놓아 우리가 갈 수 없는 저 너머 한계에 있다.

우리가 그곳까지 갈 수 있다면 그건 자연이 우리에게 주는 흔

---

*   몽테뉴는 서른아홉 살에 자신은 이미 늙었으며, 일반적으로 기대하는 수명을 훨씬 넘겼다고 생각했다.

치 않은 특권이다. 그런 죽음은 자연이 200년 내지 300년 동안 한 사람에게만 특별한 호의를 베풀어 인생의 여러 장애물과 난관을 피할 수 있도록 허락함으로써 맞을 수 있는 예외적인 죽음이다.

그래서 나는 우리가 지금까지 살아온 나이가 많은 사람이 도달하지 못한 나이임을 염두에 둬야 한다고 생각한다. 대부분은 그 나이까지 이르지 못하니, 이는 우리가 그들보다 훨씬 멀리 왔다는 의미이기도 하다. 또한 우리 나이가 우리 삶의 실제 척도라 할 수 있는 일반적인 한계를 넘었으므로, 그보다 더 나아가기를 기대해서는 안 된다. 수많은 사람이 걸려 넘어졌던 죽음의 위기를 넘겨왔으니, 흔히 볼 수 있는 죽음을 피해 지금까지 살아남게 해준 이 특별한 행운이 앞으로도 이어지리라고 기대해서는 안된다.

우리 법조차도 이런 잘못된 생각을 반영하고 있으니, 법에도 허점이 있다고 할 수 있다. 법에 따르면 스물다섯 살이 되기 전까지는 자기 재산을 재량껏 처분할 수 없다. 그 나이까지 살아 있는 것 자체가 쉬운 일이 아닌데도 말이다! 고대 로마 황제 아우구스투스는 로마의 옛 법 규정에서 5년을 줄여, 재판관을 맡을 수 있는 나이는 서른 살이면 충분하다고 공표했다. 고대 로마 왕 세르비우스 툴리우스는 마흔일곱 살이 넘은 기병을 전쟁의 부역에서 면제해주었고, 아우구스투스는 이 나이를 다시 마흔다섯 살로 낮추었다.

일하는 사람을 쉰다섯 살 내지 예순 살 이전에 일선에서 물러나게 하는 것은 그다지 합리적인 것 같지 않다. 나는 공익적인 측면에서 현업과 경제활동에 몸담는 기간을 되도록 연장해야 한다는 데 의견을 같이한다. 반면 나는 우리가 더 이른 나이에 일을 시작하지 않는 것도 문제라고 생각한다. 열아홉에 정치 무대에 등장해 일인자로 우뚝 선 사람이, 고작 빗물받이가 설치되는 위치를 정할 수 있는 나이를 서른 살로 판단했다니, 모순이 아닌가!

내가 보기에 우리의 영혼은 스무 살이면 완전히 성숙하며, 그가 앞으로 할 수 있는 모든 것을 보여주는 것 같다. 그 나이가 되어서도 뚜렷하게 자기 능력을 보여주지 못하는 사람은 그 이후에도 기대할 것이 없다. 타고난 자질과 덕성은 그 시기부터 강인함과 아름다움을 드러낸다. 그게 아니라면 그런 것은 영영 드러나지 않는다. 도피네 지방 사람들은 말한다. 돋아날 때 찌르지 못하는 가시는 나중에도 결코 우리를 찌르지 못한다고.

유형을 막론하고 예나 지금이나 내가 아는 인간의 모든 훌륭한 행동 가운데 대부분은 서른 살 이후에 이루어진 것보다 그 이전에 이루어진 것이 훨씬 더 많다. 한 사람의 생애에서도 마찬가지이다. 한니발과 그의 위대한 적수 스키피오만 봐도 확실히 그렇지 않은가? 그들은 자기 생의 절반을 젊은 시절에 얻은 영광의 덕을 보며 살았다. 이후에 그들이 보여준 모습은 다른 이들과 비교하면 훌륭하다고 할 수 있었지만, 젊은 시절의 그들 자신과 비교하면 전혀 그렇지 못했다.

나 역시 그 나이 이후로는 정신도 육체도 진보하기보다는 퇴보했고, 전진하기보다는 후퇴했다고 생각한다. 시간을 올바르게 사용하는 사람은 나이가 들어가면서 지식과 경험이 풍부해질 것이다. 그러나 활력, 민첩함, 단호함 그리고 그 밖에 더 정신적이고 긴요하며 본질적인 자질은 시들고 생기를 잃는다.

> 시간의 공격이 우리 몸을 망가트려,
> 사지의 힘이 다 빠져버리면
> 판단력은 이치에서 벗어나고, 말과 정신은 갈피를 잡지
> 못한다.
>
> — 루크레티우스

노쇠함 앞에 때로는 육체가 또 때로는 영혼이 먼저 무릎을 꿇는다. 나는 그중에서도 위장과 다리보다 뇌가 먼저 약해지는 사람이 많다는 것을 알게 되었다. 이것은 정작 그 상황에 처한 사람은 거의 느끼지 못하는 데다 쉽게 드러나지 않는 불행이라 그만큼 더 두려울 수밖에 없다.

그래서 이번에는 법에 대해 불평을 좀 해야겠다. 법이 우리를 너무 늦은 나이까지 일하게 하는 것에 대해서가 아니라, 너무 늦은 나이에 일을 시작하게 하는 것에 대해서 말이다. 우리 삶이 얼마나 무기력한지, 삶에서 일상적으로 맞닥뜨릴 수밖에 없는 장애물이 얼마나 많은지를 고려하면, 태어난 이후에 한가롭게 빈

둥거리거나 무언가를 배우고 익히는 데 그토록 많은 시간을 할
애하는 것은 옳지 않다고 생각한다.

삶은 결국 나를 알아가는 여정

여러 해 동안 나는 오직 나 자신만을 사색의 대상으로 삼아 관찰하고 연구했다. 설령 다른 것에 관심을 가진다 해도 그 건 곧 나에게 적용하기 위함이고, 어떤 의미로는 그것을 나의 내 면으로 들이기 위함이다. 이 연구에 비길 수 없을 정도로 쓸모없 는 다른 학문이 그런 것처럼, 비록 만족스러울 만한 진전이 없다 해도, 내가 이 연구에서 깨달은 것을 다른 이들과 나누는 것은 잘 못이 아니라고 생각한다. 자기 자신을 묘사하는 것만큼 어려운 일도 없지만, 그만큼 유익한 일도 없기 때문이다.

많은 사람 앞에 나서려면 머리를 매만지고, 단장도 하고 준비 를 해야 한다. 나는 끊임없이 나 자신을 묘사하고 있으니 끊임없 이 나 자신을 단장하는 것이리라. 대다수는 자신에 대해 말하는 것을 악덕으로 여긴다. 자기 자신에 대해 말하고자 하면, 언제나 오만하다는 비난이 따라붙으니 그것을 경계하며 고집스레 피하려는 것이다. 그러나 해야 할 일이라면, 작은 방해가 있다 하더라도 마땅히 해야 한다.

우리를 더 큰 실수로 내모는 것은 실수에 대한 두려움이다.
— 호라티우스

이 행위에는 나쁜 점보다 좋은 점이 더 많다고 생각한다. 자신에 대해 이야기하는 것이 오만해 보일 수 있어도, 큰 그림을 그려 놓았다면 그런 병적인 성향을 드러내기를 꺼려서는 안 된다. 더구나 그것이 내재되어 있는 성향이라면 말이다…… 또한 그런 행위를 하는 데 그치지 않고, 그 과정에서 발견되는 과오마저 사람들 앞에 드러내고 감추지 말아야 한다. 일부가 술에 취한다고 해서 술 자체를 금지하는 것은 옳지 않다. 어차피 사람들은 좋은 것만을 남용하지 않는가!

자기에 대해 말하지 말라는 규범은 대체로 범속한 이들의 취약한 부분을 통제하기 위한 것일 뿐이다. 그것은 송아지 같은 짐승에게나 씌우는 굴레이지, (그토록 큰 소리로 자기 자신에 대해 말하는) 성자, 철학자, 신학자에게 그런 굴레는 필요 없다. 나는 성자도 철학자도 아니지만, 나 역시 그런 굴레는 쓰지 않으련다. 그들은 구태여 자기 이야기를 하지는 않지만, 기회가 주어진다면 스스로 단상 위에 오르는 것을 주저하지 않는다.

소크라테스는 주로 무엇에 대해 말했는가? 자신에 대해서가 아닌가? 그는 제자들에게 수시로 무엇에 대해 말하도록 유도했는가? 그들 자신에 대해서가 아닌가? 그들은 책에서 배운 교훈이 아니라 그들 영혼의 움직임과 상태에 대해 더 많은 말을 하지 않았던가? 우리 이웃 사람들*이 공개적으로 고백을 하듯, 우리는 종교의 테두리 안에서 신과 고해 사제에게 그렇게 한다. 그러나 우리는 우리가 잘못한 일만을 고백하지 않느냐고 내게 반박하는 사람이 있을 것이다. 그렇다면 차라리 모든 것을 말하자! 우리의 덕성마저 죄를 짓고 후회하게 마련이니까.

내 직업과 내 기술은 삶을 사는 것이다. 내 생각, 경험, 습관에 따라 나에 대해 말하는 것을 금하는 것은, 건축가에게 자기 견해가 아닌 옆 사람의 견해에 따라, 자기 지식이 아닌 타인의 지식에 따라 건축에 대해 논하라고 요구하는 것과 같지 않은가! 만약 자신의 공적을 스스로 드러내는 것이 자만심의 표현이라면, 왜 키케로는 호르텐시우스의 기량을, 호르텐시우스는 키케로의 기량을 사람들 앞에 내세우지 않았는가?

사람들은 내가 말뿐 아니라 작품과 행동으로 나를 보여주기를 기대하는 걸까? 나는 주로 나의 사유를 묘사하는데, 이는 형체가

---

*   여기서 말하는 이웃 사람들은 개신교도이다. 그들은 공개적으로 고백을 행
     한다.

없어 실제로 눈에 보이는 결과를 내놓기가 어렵다. 내가 할 수 있는 일은 공중에 흩어지는 말로 그것을 표현하는 것뿐이다. 식견이 깊고 독실한 사람들 가운데 일부는 겉으로 드러나는 행동을 삼가며 살았다.

나의 행적과 행동은 나 자신보다 나의 운수에 대해 더 많은 것을 알려줄 것이다. 행적과 행동은 그 역할을 보여줄 뿐, 나의 본질에 대해서는 불확실한 추측만을 제공할 뿐이다. 이는 내 모습 중 특정한 측면의 편린일 뿐이다. 그러나 나는 제자리에 있는 정맥이며 근육, 힘줄을 한눈에 볼 수 있는 '에코르셰'*처럼 나 자신을 낱낱이 드러낸다. 기침을 할 때는 나 자신의 일부를 드러내고, 얼굴이 창백해지거나 심장이 고동칠 때는 나 자신의 또 다른 면을 선명하게 드러낸다.

내가 묘사하는 것은 나의 행위가 아닌 나 자신, 나의 본질 그 자체이다. 자기 자신을 판단할 때는 신중해야 하고, 자신에 대해 말할 때는 좋은 것이든 나쁜 것이든 지극히 양심적이어야 한다. 내가 나 자신을 정말로 선량하고 현명한 사람이라고 생각하거나 그에 가까운 사람이라고 생각한다면, 나는 목청껏 그렇게 외칠 것이다. 실상보다 자신을 깎아내려 말하는 것은 겸손이 아니라 어리석음이다.

아리스토텔레스에 따르면, 자신을 실제보다 낮게 평가하는 것

---

*　골격과 근육이 노출되어 있는 인체나 동물의 그림 또는 모형. ─ 옮긴이

은 비겁하거나 소심한 자의 행동이다. 어떤 미덕도 거짓말로는 드러나지 않으며, 진실은 결코 과오를 낳지 않는다. 자신에 대해 과시적으로 말하는 것 역시 대개는 자만이 아닌 어리석음에서 비롯될 때가 많다. 자기 자신에 대해 지나치게 만족스러워하고 자신을 과도하게 사랑하는 것, 내 생각에는 그것이 바로 자만이라는 악덕의 실체이다. 이를 치료할 수 있는 가장 좋은 처방은 자신에 대해 말하거나 생각하는 것을 금하는 이들의 명령과 정반대로 행동하는 것이다.

자만은 주로 생각 속에 존재하며, 말은 그저 부차적일 뿐이다. 자만하는 사람들은 자기 몰두를 자기만족으로 생각하며, 자신과의 교제를 지나친 자기애로 여긴다. 그럴 수 있다. 그러나 그런 방종은 자신을 겉핥기식으로만 살피고, 자신의 성과에 따라 자신을 판단하며, 자기 몰두를 망상이나 나태로 간주하고, 정신력을 함양하고 도량을 넓히는 것을 신기루를 좇는 일로 여기는 사람들에게서만 나타난다. 그들은 자신을 자신의 본질과 무관한 외적인 것으로 드러내려 한다.

누군가가 자신의 한 부분만을 바라보며 자기에 대해 잘 안다고 자만한다면, 역사를 살펴보게 하라. 그리하면 자기를 압도하는 수많은 인물을 발견하고 스스로 고개를 숙이게 될 것이다. 만약 그의 용맹이 허영과 오만으로 변해 있다면, 스키피오 장군과 에파미논다스 장군의 생애를 떠올리게 하라. 또한 수많은 군대와 민족을 기억하게 하여 자신이 그들에 비해 아직 얼마나 부족한지를 깨닫게 하라. 자신의 부족함과 약점을 인식하고 인간 존재의 허무를 깊이 이해하는 사람은 자신의 특별한 자질 하나에 자만하지 않는다.

나를 둘러싼 세상을 넘어 나를 찾는 일

소크라테스는 "너 자신을 알라"라는 신의 금언을 깊이 사유하고 진정 자기의 것으로 만들며 스스로를 낮추었다. 그렇기에 오직 그만이 현자라 불릴 수 있다. 그렇게 자신을 알게 된 자는 거리낌 없이 말로써 자신을 드러낼 수 있다.

'너 자신을 알라'는 격언에는 매우 깊은 의미가 담겨 있다. 지성과 광명의 신*이 이 말을 자기 신전 정면에 새기게 한 것은, 이 교훈에 모든 가르침이 담겨 있다고 생각했기 때문일 것이다. 플라톤 역시 지혜란 이 교훈을 실천하는 것에 불과하다고 했으며,[26]

---

* 아폴로를 지칭한다. "너 자신을 알라"는 격언은 그를 모시는 델포이 신전 정면에 새겨져 있었다고 한다.

크세노폰의 저서『소크라테스 회상』을 보면 소크라테스는 이 교훈을 몸소 실천했다.

어떤 학문이든 그 학문에 몸담아본 사람만이 그 난해함과 모호함을 이해할 수 있다. 자신이 모른다는 것을 깨달으려면 지성이 필요하고, 문이 열려 있는지 확인하려면 그 문을 밀어봐야 하기 때문이다. 플라톤의 날카로운 통찰은 바로 이 지점에서 시작된다. 아는 사람은 이미 알고 있으므로 질문거리가 없고, 모르는 사람도 무엇을 모르는지 모르니 질문할 수 없다는 것이다. 무릇 무언가를 질문하려면 알고 싶은 것이 무엇인지 알아야 한다.

따라서 자기 자신을 탐구하는 이 학문에서 자신을 잘 안다고 확신하는 것은 곧 자신을 잘 알지 못한다는 것을 의미한다. 소크라테스가 에우튀데모스에게 깨닫게 해준 것처럼 말이다. 다른 일에는 전혀 신경 쓰지 않는 나는 '너 자신을 알라'라는 이 격언에서 심오한 의미와 무한한 변주를 발견한다. 내가 배움에서 얻은 결실이 있다면, 내가 아직 배워야 할 것이 너무나 많다는 것을 깨달았다는 것뿐이다. 그렇게 나는 내 약점을 거듭 인정하면서 겸손한 태도를 갖게 되었고, 내게 정해진 신앙에 순종하게 되었으며, 언제나 냉정하고 온건하게 내 의견을 표명하게 되었다.

또한 오직 자신만을 믿고 스스로를 과신해서 분란과 짜증을 유발하는 그 오만함을 멀리하게 되었다. 오만이야말로 학문과 진리의 가장 골치 아픈 적이 아닌가. 그런 자들이 감히 자기 생각을 가르치려 들다니! 그들이 내뱉는 어리석은 말은 종교와 법에서 사용하는 말과 별반 다르지 않다.

　고대 그리스 천문학자 아리스타르코스는 과거에는 현자가 겨우 일곱 명 정도밖에 되지 않았지만, 지금은 무지한 자가 겨우 일곱 명 정도밖에 되지 않는다고 한탄했다. 우리 시대는 더 심각하다고 할 수 있을 것이다. 단언과 고집스러움은 어리석음의 명백한 징후이다. 자신의 무지함을 모르는 자는 하루에도 수백 번 땅바닥에 고꾸라지면서도 오뚝이처럼 일어나 고집을 부린다. 그는 새로운 영혼과 더 강력한 지성을 수혈받고 대지를 다스리는 신의 아들*처럼 넘어질 때마다 새로운 힘을 얻고 더욱 강해진다.

　저 억센 고집쟁이는 새로운 논쟁을 시작할 때마다 새로운 통찰을 얻게 된다고 믿는 걸까? 나는 내 경험을 통해 인간의 무지를 비판할 수 있었고, 그것이 우리가 사는 현실을 이해하는 데 있어 가장 중요한 교훈이라고 생각한다. 무지한 자들이 자신의 무지를 인정하지 않고, 나의 사례나 그들의 사례를 보면서도 여전히 무지함을 인정하지 않는다면, 스승들의 스승인 소크라테스를 통해 그들이 자신의 무지를 인식하게 해야 한다. 실제로 철학자 안티스테네스는 그의 제자들에게 이렇게 말했다.

　"여러분, 나와 함께 소크라테스의 이야기를 들으러 갑시다. 그

---

*　그리스 신화에 등장하는 거인으로 바다의 신 포세이돈과 땅의 여신 가이아 사이에서 태어난 아들이다. 땅에 몸이 붙어 있는 한 당할 자가 없고 땅에 쓰러지면 더욱 힘을 얻었다고 한다.

앞에서는 나도 여러분과 같은 학생일 뿐입니다."

그는 온전히 행복한 삶을 사는 데는 미덕 외에 아무것도 필요하지 않다는 스토아학파의 가르침을 옹호하면서도, "단지 예외적으로 필요한 것이 있다면, 그것은 바로 소크라테스의 힘"이라고 말했다.

꾸준히 자기 성찰을 한 덕분에, 나는 다른 사람도 비슷한 방식으로 평가할 수 있게 되었다. 그래서 내가 이보다 적절하고 올바르게 다룰 수 있는 주제는 거의 없다. 나는 종종 친구들이 그 자신을 파악하는 것보다 더 정확하게 그들의 장점과 단점을 구별해낸다. 한 번은 내가 파악한 대로 그 친구가 어떤 사람인지를 알려주니, 그는 정곡을 찔렸다며 놀라워했다.

어린 시절부터 타인의 삶을 통해 내 삶을 들여다보는 것이 습관이 되었기에, 나는 이 방면에서 탄탄한 능력을 갖추게 되었다. 그래서 나는 내 판단에 도움이 될 만한 주변의 것, 즉 행동, 취향, 말투 등 사소한 무엇도 놓치지 않으려 애쓴다. 내가 무엇을 피하고, 무엇을 따라야 하는지를 모두 들여다보는 것이다. 그렇게 나는 친구들의 겉으로 드러나는 행동을 보고 그들 내면의 성향을 밝혀낸다. 그러나 이는 너무나 다양하고 일관성 없는, 변화무쌍한 행동을 범주와 항목으로 정리하려는 것도, 내가 분류하고 구분한 것을 기존의 틀에 맞춰 평가하려는 것도 아니다.

학자는 생각을 정확하고 상세하게 표현하고 기록하지만 나는 경험을 통해 발견한 생각을 막연하고 애매하게 표현한다. 예컨대 내 생각의 여러 부분은 한 번에 뭉뚱그려 말할 수 없는 것이어서, 나는 그것들을 두서없이 표현할 수밖에 없다. 우리처럼 나약하고 범속한 정신에서는 규범에 맞는 질서를 찾아볼 수 없다. 지혜는 모든 요소가 제자리에서 자신의 특성을 드러내는 견고하고 완전무결한 건물과도 같다. "오직 지혜만이 그 자체로 완전하다.(키케로)"

무한히 다양한 모습을 분류하고 끊임없이 변하는 불안정성을 고정하여 그것을 질서 있게 정리하는 일은 더 많이 배운 자들에게 맡길 일이다. 그토록 복잡하고, 그토록 자질구레하며, 그토록 예측할 수 없는 일을 그들이 끝까지 해낼 수 있을는지 모르겠지만 말이다. 나는 행동을 서로 연결하거나 각 행동을 주요한 특성에 따라 정확하게 지칭하는 것 역시 어렵다고 생각한다. 그만큼 인간의 행동은 이중적이고 어떤 빛을 받느냐에 따라 그 색깔이 달라지기 때문이다.

마케도니아 왕 페르세우스는 결코 한자리에 머물지 않고 여러 형태의 삶을 경험하며 너무 자유롭고 방탕하게 살았기에, 그 자신도 다른 이들도 그가 어떤 사람인지 확실하게 말할 수 없었다. 그래서 우리는 그를 희한한 사람으로 평가한다. 그러나 나는 누구나 그럴 수 있다고 생각한다. 나는 페르세우스와 비슷한 지위에 있던 사람을 본 적이 있는데, 그의 행적을 보면 내 판단이 틀리지 않음을 알 수 있다. 그는 항상 급작스럽게 양극단을 오갔고, 예측할 수 없는 방식으로 행동의 방향을 바꿨다. 그의 행동에서 단순함이나 순수함은 찾아볼 수 없었기에 사람들은 그에 대해 이런 의문을 가질 수밖에 없었다. 그는 자신이 어떤 사람인지 드러내지 않음으로써 오히려 자신을 알리려고 애쓴 것은 아닐까 하는 의문 말이다……*

자신에 대한 판단을 주저 없이 받아들이려면 열린 귀가 필요하다. 그런 이야기를 듣고 기분이 상하지 않을 사람은 거의 없기 때문에, 누군가가 난처함을 무릅쓰고 충고한다면 진정한 우정의 표시로 받아들여야 한다. 상대방을 위해 기꺼이 상처를 주고 기분을 상하게 하는 행동은 진심 어린 사랑 없이는 할 수 없다. 장점보다 결점이 많은 사람을 판단하기란 여간 어려운 일이 아니다. 그래서 플라톤은 타인의 영혼을 들여다보려는 사람은 지력, 선의, 대담함이라는 세 가지 자질을 갖추어야 한다고 말했다.

언제였던가, 누군가 내게 이렇게 물은 적이 있다. 젊은 시절의 내가 다른 사람을 위해 일했다면 어떤 일을 가장 잘했을 것 같으냐고.

나는 '어떤 일에도' 쓸모가 없었을 것이라고 답했다. 타인에게 예속되는 일을 할 줄 모르는 사람이라는 변명을 주저 없이 하면서 말이다. 그러나 만약 나를 고용한 사람이 원한다면, 나는 그에게 솔직하게 진실을 말하고 그의 행동을 바로잡아 주는 일을 했을 것이다. 나는 철학적인 교훈을 잘 아는 사람들에게서 진정한

---

*   헨리 4 Henry Ⅳ세를 지칭하는 것으로 추정된다.

가르침을 발견한 적이 없다. 그러므로 그저 철학적인 말로 적당히 넘기기보다는 그가 말하는 방식을 매 순간 관찰하고 직접 내 눈으로 하나하나, 단순하고 자연스럽게 그를 판단하며 도움을 주었을 것이다. 그에게 아첨하는 자들을 물리치고 여론이 그를 어떻게 평가하는지 알게 해주었을 것이다.

아첨꾼에 둘러싸인 왕은 하루가 다르게 타락한다. 그러나 그런 상황에 놓이면 누구라도 왕보다 더 나은 모습을 보이리라고 확신할 수 없다. 위대한 왕이자 위대한 철학자인 알렉산드로스 대왕마저도 그런 자들 틈에서 자신을 지켜내지 못했으니 오죽하겠는가!

나는 신중하게 판단력을 발휘해 왕에게 간언하는 임무를 수행했을 것이다. 이 임무는 밖으로 드러나지 않아야 효과가 있고, 군주의 신임도 얻을 수 있을 것이다. 이는 아무나 적당히 할 수 있는 역할이 아니다. 진실이라고 해도 항상 무분별하게 쓰일 수는 없기 때문이다.

진실을 드러내는 일은 숭고하지만, 그것은 사용할 수 있는 영역과 한계가 있다. 인간의 본성상, 군주의 귀에 진실을 말하더라도 소귀에 경 읽기가 될 수도 있고, 나아가 손해를 입고 부당한 처분을 당할 수도 있다. 그래서 나는 충심에서 나오는 간언은 왜곡되지 않을 것이며 형식보다 본질적인 내용의 가치를 더 중시해야 한다는 말을 믿지 않는다.

그런 자리는 자기 처지에 만족하는 평범한 가문 출신이 어울린다.

자기 자신이고자 하며, 그 이상을 바라지 않는 자.

― 마르티알리스

그런 사람이라면 자기 출세를 생각하지 않고 군주의 마음을
깊이 파고드는 조언을 할 것이다. 또한 중간 계급 출신이기 때문
에 다양한 사람들과 원활하게 소통할 수 있을 것이다. 이런 역할
은 오로지 한 사람에게만 맡겨져야 한다. 자유재량에 따라 내밀
하게 수행되는 이 역할의 특권이 여러 사람에게 분산되면 왕에
대한 불경이 발생할 수 있다. 그리고 그 사람에게 가장 필요한 덕
목은 당연히 무거운 입이다.

어떤 왕이 자신의 위대한 영광을 위해 적과의 대면을 기다린
다며 용맹함을 뽐낸다고 해도, 진심으로 전하는 친구의 조언을
귀에 거슬려하며 받아들이지 않는다면, 나는 그런 왕을 신뢰할
수 없을 것이다. 왕은 오히려 그 누구보다 격식 없고 진실한 충
고를 받아들일 줄 알아야 한다. 그들은 공적인 삶을 살고, 백성을
만족시켜야 한다. 왕이 민심에 반하는 행동을 할 때 그 측근이 왕
의 행동을 눈감아준다면, 왕은 자신도 모르는 사이에 백성의 미
움과 증오를 사게 될 것이다.

왕의 측근이 조기에 충언을 하고 문제를 바로잡는다면 충분
히 피할 수 있는 상황이지만, 왕의 총신은 대개 자기가 모시는 왕

보다 자신의 안위를 더 중시하기에 왕 앞에 잘 나서지 않는다. 사실, 진정한 우정의 의무 대부분은 왕 앞에서 큰 시련에 직면할 수밖에 없다. 그래서 이 일을 하려면 왕에 대한 충심뿐 아니라 솔직함과 용기가 필요하다.

마지막으로, 내가 여기에 적은 이 모든 잡다한 글은 내가 살면서 경험한 일을 기록한 것에 불과하므로, 내가 겪은 시행착오를 거울로 삼는다면 정신의 건강에 얼마쯤은 도움이 될 것이다. 그러나 육체의 건강에 대해서라면 나보다 더 신뢰할 만한 경험담을 이야기해줄 사람도 없다. 나는 글쓰기의 기교나 주관적 견해에 의해 왜곡되거나 변형되지 않은 온전히 순수한 경험만을 제시할 것이기 때문이다.

의학에서는 경험 그 자체가 매우 중요한 역할을 하는데, 거기에서만큼은 이성이 자신의 자리를 전부 경험에 양보하기 때문이다. 로마 황제 티베리우스는 누구든 20년을 산 사람이라면, 자신에게 이로운 것과 해로운 것을 분간할 줄 알아야 하며, 의술에 기대지 않고 자신의 삶을 헤쳐나갈 수 있어야 한다고 말했다. 그는 소크라테스의 조언을 따른 것 같다.

소크라테스는 자신의 건강에 대한 관심이 가장 중요한 학문의 주제라고 강조하며 자신이 하는 활동, 자신이 먹고 마시는 것을 주의 깊게 살펴보는 지혜로운 자는 자기에게 무엇이 좋고 나쁜지를 어떤 의사보다 더 잘 알 수밖에 없다고 말했다.

의학은 늘 경험이야말로 의학의 시금석이라고 주장한다. 그러므로 진정한 의사가 되려면 그가 치료하고자 하는 모든 질병을 경험해보아야 하고, 진단하려는 병에서 겪을 수 있는 모든 거북한 상황과 증상을 겪어봐야 한다고 한 플라톤의 말은 일리가 있다. 매독을 치료하는 법을 알고자 한다면, 의사들이 먼저 그 병에 걸려봐야 한다! 그렇게 하는 의사가 있다면 나는 그를 신뢰할 것이다.

대부분의 의사는 자기 책상 앞에 앉아 바다며 암초며 항구를 그려놓고는 아무런 위험도 없이 모형 배를 움직이는 사람처럼 우리를 인도한다. 그러나 그를 실제상황에 밀어넣어보라. 어떻게 처신해야 할지 몰라 우왕좌왕할 것이다! 의사는 마치 말이나 개를 잃어버렸을 때, 크기가 어떻고 털이 어떻고 귀 모양이 어떻다고 알리는 동네의 알림 나팔처럼 우리 병을 묘사한다. 그러나 막상 의사 앞에 그 질병을 데려다놓으면 그들은 그게 무엇인지 알아보지도 못할 것이다!

육체와 정신의 건강을 지켜준다는 기술은 우리에게 많은 약속을 하지만, 그 약속이 지켜지는 일은 거의 없다! 이 시대에 의술을 업으로 삼는 이들은 다른 이들에 비해 변변치 않은 성과를 보여준다……. 그들에 대해 할 수 있는 말이라곤 기껏해야 그들이 약을 팔아먹는 사람들이라는 것뿐, 그들을 의사라고 부를 수는 없으리라.

나는 지금껏 나를 살게 해준 삶의 방식을 되돌아볼 만큼 오래 살았다. 내가 했던 방식을 시도해보려는 사람들에게, 나는 그것을 미리 경험해보고, 마치 옛날 술 시중을 드는 시종*처럼 그것을 먼저 맛본 사람으로서 조언해줄 수 있다. 내가 기억하는 대로 몇 가지 원칙을 제시해보겠다. 나는 특정한 생활 습관을 항상 고수하지는 않지만, 여기에 내가 가장 자주 택해온, 즉 지금까지 내게 가장 큰 영향을 미친 습관을 기록해두겠다.

나는 아플 때나 건강할 때나 똑같은 방식으로 지낸다. 같은 침대에서 자고, 같은 일정을 소화하며, 같은 음식과 음료를 먹고 마신다. 기력이나 식욕에 따라 다소 변동이 있을 수 있지만, 다른 것을 추가하지는 않는다. 내게 건강이란 흔들림 없이 평소의 상태를 유지하는 것이다.

병이 나를 한쪽으로 몰고 가면, 의사들은 나를 다른 쪽으로 몰고 가려 할 것이다. 그래서 우연이든 의술이든, 나는 평소에 가던 길에서 벗어나게 된다. 하지만 오랫동안 익숙해진 습관으로 인해 내가 불편함을 느끼지는 않을 것이라고 나는 확신한다.

우리 삶을 형성하는 것은 습관이며, 그 습관은 우리 삶에 적합해야 한다. 그래서 습관에는 절대적인 힘이 있다. 마녀 키르케**의 음료와도 같은 습관은 우리 삶을 제 뜻에 따라 제각각으로 만들어낼 수

---

* 고대와 중세 시대에 시종은 포도주를 나르며 시중을 들었을 뿐 아니라, 주인이 음식을 먹기 전에 음식에 독이 들어 있지는 않은지 미리 맛보고 확인하는 역할도 했다.
** 호메로스의 『오디세이아』에서 오디세우스의 부하들은 마녀 키르케가 준 음료수를 마시고 돼지로 변한다.

있다. 이 나라와 단 몇 걸음밖에 떨어지지 않은 곳에 사는 얼마나 많은 민족이 저녁 시간에 미세하게 스며드는 습한 '밤이슬'을 걱정하는 우리를 희한하게 바라보는가? 그 밤이슬은 분명 우리에게 해로운데도 이 나라의 뱃사람이나 농부도 그것을 대수롭지 않게 여긴다. 독일 사람은 매트리스에서, 이탈리아 사람은 깃털로 채운 침대에서 자면 병에 걸린다. 프랑스 사람은 침대 옆에 커튼과 난로가 없는 곳에서 자면 병에 걸린다. 스페인 사람은 우리의 식사법을 견디지 못하고, 프랑스 사람의 위장은 스위스 사람의 술 마시는 방식을 견디지 못한다.

아우크스부르크*에서 만난 독일인이 프랑스식 난로의 단점을 지적하는 모습이 흥미로웠다. 그는 프랑스인이 독일식 난로를 비판할 때 쓰는 논리를 그대로 사용했다. 사실 독일식 난로를 땔 때, 실내에 갇힌 공기와 난로의 자재 냄새는 그것에 익숙하지 않은 사람 대다수에게 두통을 유발한다. 하지만 나는 아니다. 독일식 난로는 그런 단점에도 불구하고 열이 지속적으로 고르게 퍼져 공간 전체를 훈훈하게 해주는 데다, 불꽃이나 연기도 없고 프랑스식 난로를 열 때 부는 바람도 없어서 우리 것과 여러 면에서 비교가 된다.

우리는 왜 로마의 건축을 따라 하지 않을까? 실제로 고대 로마에서는 불을 집 바깥, 밑바닥에서만 지폈고, 난방이 되어야 하는

---

* 　몽테뉴는 1580년 10월에 여기에 머물렀다.

공간을 감싸는 두꺼운 벽 안에 관을 설치하여, 그 관을 통해 들어온 열기가 온 집 안에 퍼지도록 했다. 나는 분명히 이 내용을 읽었는데, 확실치는 않지만 세네카의 글에서 읽은 기억이 난다. 그 독일인은 이 도시의 장점과 아름다움을 칭송하는 내 말을 듣고 있다가(충분히 그럴 만한 도시였다), 이제 이 도시를 떠나야 하는 나를 안타까워했다. 그는 프랑스의 몇 가지 주요한 단점을 언급하며 나의 동의를 구하려 했고, 그중에서도 프랑스에 가면 굴뚝 때문에 두통을 겪을 것이라며 나를 염려했다. 누군가 그 점에 대해 불평하는 소리를 들어서인지 나도 그런 불편을 겪으리라 생각한 것이다. 그가 습관이 되어 느끼지 못할 뿐, 자기네 난로에서도 두통을 유발하는 냄새가 나는데도 말이다.

불에서 나오는 열기는 어떤 것이든 몸을 나른하고 처지게 만든다. 그렇지만 고대 그리스 시인 에베누스는 불이야말로 삶에 깊이를 더하고 맛을 내는 양념과 같은 역할을 한다고 말했다. 나는 추위를 피하기 위해 불이 아닌 다른 방법을 사용하는 편이다.

프랑스인은 술통 밑바닥에 가라앉은 포도주를 선호하지 않지만, 포르투갈에서는 그 부분의 풍미가 좋다고 여겨 왕족이 즐겨 마신다. 요컨대, 나라마다 외부에서 보기에는 생소하고 야만스럽거나 기이하게 보일 수 있는 관습이 존재한다.

인쇄된 진술만을 인정하고, 사람들의 말이 책에 쓰여 있어야만 믿으며, 신뢰할 만한 시대*에서 온 것이 아니면 진실로 받아들이지 않는 이들에 대해 무슨 말을 할 수 있겠는가? 우리는 인

쇄된 것이기만 하다면 어리석은 생각에도 권위를 부여하지 않는
가. 그런 사람들은 "내가 그것을 읽었다"라고 말하는 것과 "내가
그것을 들었다"라고 말하는 것은 천지차이라고 여긴다. 하지만
나는 손으로 쓴 글이 아니고 사람의 입에서 나온 말이라 해서 폄
하하지 않으며, 말하는 것만큼이나 글도 쉽게 쓰인다는 것을 알
고 있다. 나는 이 시대가 과거의 여느 시대와 다르지 않다고 평가
하기 때문에, 로마 철학자 아울루스 겔리우스나 마크로비우스의
말 못지않게 내 친구의 말도 기꺼이 인용한다. 또한 나는 그들의
글 못지않게 내가 본 것 역시 인용한다. 미덕이 오래되었다고 해
서 더 훌륭하다고 할 수 없는 것처럼, 진리가 오래되었다고 해서
더 믿을 만하다고 할 수는 없다.*

　나는 입버릇처럼 말한다. 외국의 교훈이나 학교에서 가르치는
것만을 좇는 것은 너무나 어리석다. 그런 것들의 가치는 호메로
스나 플라톤 시대와 지금이나 별반 다를 바가 없다. 그럼에도 우
리는 주변에서 쉽게 발견할 수 있는 교훈보다 바스코산이나 플
랑탱**의 서적에서 찾은 교훈을 더 중요하게 여기고, 자신이 주
장하는 진실보다 책에서 빌려온 그럴싸한 문장을 더 중시한다.

---

*　　몽테뉴가 살던 시대에 중세시대는 "신뢰할 만한" 시대로 여겨지지 않았다.
　　당시 준거 기준으로 삼았던 시대는 고대 그리스·로마 시대였다.

**　　미셸 드 바스코산Michel de Vascosan은 파리에서 활동한 인쇄업자로, 특히 몽
　　테뉴가 자주 언급하는 아미요Amyot의 플루타르코스 번역을 인쇄했다. 플
　　랑탱Plantin은 앤트워프의 인쇄업자였다.

우리의 경험을 분석하고 그 가치를 평가해 본보기가 될 만한 것을 끌어낼 지성이 부족한 것일까? 만약 우리에게는 자신의 말을 신뢰할 만한 권위가 없다고 주장한다면, 그것은 그저 핑계에 불과하다. 특히 인간 행동에 관한 것이라면, 가장 평범하고 일상적인 것에서 비범하고 훌륭한 의미와 교훈을 발견할 수 있다. 우리가 그것들의 진면목을 알아볼 수만 있다면 말이다.

그러므로 책에서 발견한 사례와 물 한 모금 마시지 않고 리비아 사막을 건넜다며 아리스토텔레스가 언급한 아르고스 사람 안드로스에 대한 이야기 대신 다시 내 이야기를 해보겠다. 여러 직책을 훌륭히 수행한 한 귀족이 언젠가 내 앞에서 말하기를, 자신이 한여름에 물 한 방울 마시지 않고 마드리드에서 리스본까지 갔다고 했다. 그는 나이에 비해 건강했으며, 그의 삶은 특별할 게 없었다. 그는 두세 달, 심지어 1년 동안도 물을 마시지 않고 지낼 때가 있다고 했다. 갈증을 느끼긴 하지만, 그저 참으면 갈증이 쉽게 가라앉으며, 목이 마르거나 시원함을 느끼기 위해서가 아니라 기분에 따라 가끔 물을 마신다고 했다.

다른 사례로, 얼마 전 나는 프랑스에서 가장 박식하다는 어떤 사람*을 만났다. 그는 평범함과는 거리가 먼 인물로, 자신의 집 거실 한구석을 양탄자로 가려놓고 그곳에서 학문에 몰두했다.

---

*   이 인물은 스페인과 로마에서 대사로 활동했던 피사니의 후작 장 드 비본 Jean de Vivonne으로 추정된다.

주변에는 하인들이 내는 시끄러운 소음이 가득했지만, 그는 오히려 그 소음이 집중하는 데 도움이 된다고 말했다. 그는 그런 소음 속에서 몸이 움츠러들며 자신에게 더욱 집중하게 되고, 그 폭풍 같은 소음이 자신의 생각 속으로 더 깊이 빠져들게 해준다고 설명했다. 세네카 역시 그런 상황이라면 똑같이 말했으리라. 파도바에서 수학했던 그는 마차와 광장의 소음이 끊이지 않는 곳에서 살며 오랫동안 공부했기에 소음을 개의치 않는 지경을 넘어 오히려 그것을 학업에 집중하는 데 활용했다.

소크라테스는 성마른 아내의 끊임없는 잔소리를 어떻게 견뎌내느냐며 알키비아데스가 빈정대자 이렇게 대답했다. "물 긷는 사람들이 도르래 소리를 시끄럽다고 느끼지 않듯, 나도 그렇게 견딘다네."

나는 이와 정반대다. 내 정신은 가벼워서 쉬이 날아가버린다. 그래서 생각에 몰두해 있을 때, 파리 한 마리가 윙윙거리는 소리민 내도 내 집중력은 깨지고 만다.

세네카는 젊은 시절, 살육된 짐승의 고기를 먹지 말라고 가르친 로마 철학자 섹스티우스의 사상에 깊이 빠져들었고, 그의 가르침에 따라 1년 동안 고기를 먹지 않았다. 세네카는 이 규칙을 엄격히 따르면서도 몇몇 새로운 종교에서 유래된 것이라는 의심을 피하기 위해 단 한 번의 예외를 두었다. 또한, 그는 스토아 철학자 아탈로스의 원칙에 따라 푹신한 침대에서 자지 않고, 노년에 이르기까지 딱딱한 침대에서 잠을 청했다. 세네카가 살던 시대에는 이런 규칙이 엄격하게 보였지만, 오늘날에는 오히려 나약하게 여겨질 수 있다.

허드렛일을 맡기기 위해 내가 고용한 일꾼의 생활방식과 나의 생활방식이 얼마나 다른지를 보라. 차라리 스키타이인이나 신대륙 원주민의 생활방식이 나와 비슷할 지경이다. 나는 동냥하던 아이들을 집으로 데려와 시중을 들게 해본 적이 있다. 그런데 아이들은 얼마 못 가 시종 옷을 내팽개치고 집을 나가 다시 동냥을 하는 삶으로 돌아갔다. 나중에 그중 한 아이를 우연히 마주쳤는데, 그 아이는 저녁 끼니를 때우기 위해 길에서 달팽이를 줍고 있었다. 나는 아이를 달래보기도 하고 꾸짖어보기도 했지만, 아이는 궁색한 생활에서 느끼는 재미와 편안함을 포기하지 못했다.

빈자도 부자처럼 자기들 나름의 호사와 쾌락을 누린다. 게다가 그들만의 고관대작과 정치적 지위도 있다. 그것이 바로 습관의 강력한 힘이다. 습관은 우리에게 특정한 생활방식을 따르게 할 뿐 아니라(그래서 현자는 가능한 한 최선의 생활방식을 선택해야 그것이 금방 익숙해지고 쉬워질 것이라고 말했다), 우리 삶을 변화시키고 다채롭게 한다. 이것이야말로 습관이 주는 가장 고귀하고 유익한 가르침이다.

겉으로 드러나는 나의 자질 중에서 가장 내세울 만한 것은 유연하고 고집이 세지 않다는 점이다. 내게는 몇 가지 성향이 있는데, 그것은 다른 성향보다 더 내게 잘 맞고 익숙하며 또한 내 마음에 든다. 그러나 나는 크게 애쓰지 않아도 그런 성향에서 벗어나 쉽사리 정반대의 태도를 취할 수 있다. 젊은이라면 마땅히 삶에 활력을 불어넣기 위해, 또 최소한 그 활력에 곰팡이가 슬어 생기가 퇴색되지 않도록, 고여 있는 생활방식을 모조리 바꿀 필요가 있다. 기존의 규칙에 따라 살아가는 것보다 더 어리석고 유약한 삶은 없다.

젊은이라면 내 말을 믿고 자주 과한 행동도 해봐야 한다. 그렇지 않으면 사소한 일탈에도 나동그라지고, 타인과 관계를 맺을 때도 서투르고 불쾌한 행동을 하게 된다. 예민하게 굴고 자기만의 특정한 방식을 고집하는 것이야말로 '교양인'에 가장 어울리지 않는 행동이다. 유연하게 변화하지 못한다면 그것은 특별한 것이 아니라 '유별난' 것이다. 또래들의 행동을 무기력하게 바라보면서 자신은 과감하게 시도하지 못한다면 그것이야말로 수치스러운 일이다. 그럴 바에는 자기 집 부엌에나 있는 편이 낫다!

다른 어디에서건 그렇게 행동하는 것은 부끄러운 일이지만, 그가 군인이라면 그것은 결코 용인되지 않는 심대한 결함이다. 고대 그리스 장군 필로포이멘의 말처럼, 군인이라면 하루가 다르게 시시각각 변하며 들쑥날쑥한 생활에 익숙해져야 한다.

내가 묘사하고자 하는 나의 삶

한 생명의 끝은 천 개의 다른 생명으로 이어진다. 대자연은 짐승이 스스로를 돌보고 보전하게끔 만들었다. 그래서 짐승은 자신의 상태가 퇴락하는 것을 두려워하고, 부딪히고 다칠 것을 염려하며, 우리가 옭아매고 채찍질하는 것을 무서워하는데, 이 모든 것은 그들의 감각과 그들의 경험에 영향을 미친다. 그러나 짐승은 우리가 자기들을 죽일지도 모른다며 두려워할 수 없고, 죽음을 상상하거나 예상하지도 못한다. 짐승은 죽음을 기꺼이 받아들인다고 한다. 말은 대개 죽을 때 울음소리를 내고, 백조는 노래를 한다. 또한 여러 코끼리의 사례에서 볼 수 있듯이 필요하다면 죽음을 찾아 나서기도 한다.

재차 강조건대, 소크라테스가 죽음 앞에서 보여준 변론 방식은 그 단순함과 강렬함으로 볼 때 정말로 경탄할 만하다. 아리스토텔레스처럼 말하거나 카이사르처럼 사는 것보다 소크라테스처럼 사는 것이 훨씬 더 어렵다. 소크라테스의 말과 삶은 흠 잡을 데가 없고 실천하기 어렵다는 점에서 궁극의 경지에 이르렀으며, 어떤 재능이나 기교로도 그 경지에 도달할 수는 없다. 우리의 능력은 그런 방식을 따르도록 길러지지 않았고, 우리는 그 능력을 시험해보지도 않으니, 실제로 그런 능력이 있는지조차 알지 못한다. 우리는 다른 이의 능력을 흉내 내기만 하고, 우리 능력은 사용하지도 않은 채 방치한다.

누군가는 내가 이 책에서 한 일이라고는, 다른 사람의 꽃을 모아 꽃다발을 엮은 것뿐이라고 말할지도 모르겠다. 맞다, 나는 이 책에 다른 이들의 글을 인용했다. 그러나 나는 그 문장이 빌려온 것임을 명확히 밝혔고, 그것들이 나를 가리거나 덮어버리는 것을 원치 않는다. 그것은 내 의도와는 전혀 다르며, 나는 오직 나 자신과 본래 내게 있었던 것만을 보여주고 싶다. 만약 처음부터 내 생각대로 했더라면, 나는 오로지 내 글만을 썼을 것이다. 그러나 나는 대세를 따르기 위해 그리고 게을러서, 하루하루 인용구를 조금씩 덧붙이다 보니, 의도와 달리 인용구가 생각보다 많아졌다. 그것이 내 생각만큼 나의 글과 어울리지 않는다 해도 어쩔 수 없다. 그래도 다른 누군가에는 유익할 수도 있지 않은가.

플라톤과 호메로스를 인용하면서 실제로는 그들의 글을 한 번도 읽어보지 않은 사람들이 있다. 나 역시 원전이 아닌 다른 책으로 그들의 글을 꽤 자주 인용했다. 내가 글을 쓰는 이곳은 천 권의 책에 둘러싸여 있다. 마음만 먹으면 특별한 권한이나 어려움 없이도 한 번도 펼쳐보지 않은 형편없는 작가들을 인용하여 이 글을 화려하게 꾸밀 수도 있었을 것이다. 또한, 어떤 독일 작가의 서문 하나만 있으면, 인용구로 가득 찬 글을 쉽게 써내어 어리석은 사람들을 속이고 달콤한 영광을 얻을 수도 있었을 것이다.

그러나 많은 사람이 자신의 수고를 덜기 위해 늘어놓는 진부한 인용문은 똑같이 진부한 주제에만 쓸모가 있을 뿐이다. 이는 자신의 학식을 과시하기 위한 수단일 뿐, 본보기가 될 만하지는 않다. 그것은 소크라테스가 에우튀데모스를 상대로 익살스럽게 조롱했던 학문의 우스꽝스러운 결실과도 같다.

나는 자기가 이해하거나 연구하지도 않은 주제에 대해 책을 쓰는 사람을 여럿 보았다. 그런 사람은 박식한 친구들에게 이런저런 소재를 찾아달라고 부탁하고, 자신은 그저 그 책을 기획했다는 것과 널리 알려지지 않은 소재를 모아냈다는 데 만족한다. 실제로 그 책에서 그의 것이라고 할 수 있는 것은 종이와 잉크뿐인데도 말이다. 이는 책을 빌리거나 사는 것이지, 직접 만드는 것이 아니다. 이것은 결국 그가 책을 쓸 줄 안다는 것을 보여주는 것이 아니라, 오히려 그가 책을 쓸 줄 모른다는 것을 입증하는 것이나 마찬가지이다.

어떤 재판장 하나는 자기가 판결문에 작가들의 인용문을 200개 이상 써넣은 적이 있다며 내 앞에서 거들먹거렸다. 그는 그것을 여기저기 큰 소리로 떠벌리고 다니면서 자기가 얻을 수도 있었던 영광을 스스로 걷어차버렸다. 그것이 바로 소인배의 허세이다. 그렇게 지체 높은 인물이 그렇게 처신하다니 어처구니없는 일이다.

나는 그와 달리 인용문을 차용해 그것을 변형하고 새롭게 가공하여 다른 곳에서 사용하기를 즐긴다. 혹여 내가 인용문을 내 방식대로 해석하면서 본래의 의미를 이해하지 못한 것이 아니냐는 비난을 듣는다 해도, 나는 인용문에 나만의 필치를 조금 더 보태고 싶어 그렇게 한다. 훔친 글을 자랑스레 떠벌리며 그것이 자기의 것이라고 우기는 사람들이 있다. 그렇게 해서 그들은 재판관들에게 나보다 더 높은 평판을 얻는다. 나처럼 대자연의 편에 선 사람은 창의적인 생각으로 얻는 명예가 빌려온 것으로 얻는 명예보다 훨씬 더 가치 있다고 생각한다.

내가 학술적인 책을 쓰고자 했다면, 학업에 매진하던 때, 지력과 기억력이 더 좋았을 때 썼을 것이다. 또한 내가 작가를 직업으로 삼고자 했다면, 지금보다 젊고 활력이 넘쳐 작가라는 직업을 더 잘해낼 수 있었을 때 그렇게 했을 것이다. 이 작품을 통해 우연히 얻을지도 모를 행운이 지금이 아니라 당시, 즉 소유욕이 강했지만 동시에 무언가를 잃어도 괜찮을 수 있었던 나이에 주어졌더라면 어땠을까? 학식이 풍부한 나의 지인 두 사람은 마흔 살에 자기 책 출판을 거절하고 예순 살이 될 때까지 기다리다가 자신의 가치를 절반쯤 잃어버렸다. 설익은 것과 마찬가지로 무르익은 것에도 결점이 있게 마련이다. 그러나 무르익은 나이에 드러나는 결점은 더 심각해서, 노년은 다른 어떤 직업만큼이나 작가라는 직업에 적합하지 않다.

활자로 자신의 노쇠함을 감추려고 하면서 볼품없이 망상에 빠진 모호한 생각을 드러내지 않을 거라고 생각한다면 한심한 일이다. 우리 정신은 늙어가면서 무뎌지고 둔해진다. 나의 무지는 아낌없이 거하게 드러나지만, 나의 학식은 초라하고 빈약하기 짝이 없다. 학식은 어쩌다 슬그머니 드러나고, 무지는 또렷하게 저 한복판에서 드러난다. 또한 나는 하찮은 것 말고는 딱히 어떤 문제도 다루지 않으며, 어떤 학문도 다루지 않는다. 다만 무지를 다룰 뿐이다.

나는 이를 위해 내가 묘사하고자 하는 나의 삶 전체를 눈앞에 두고 볼 수 있는 때를 골랐다. 내게 남은 시간이 삶보다 죽음에 더 가까이 있는 이런 때를 말이다. 심지어 내 죽음에 관해서도, 만약 죽음과 잡담을 좀 나눌 수 있다면, 그 경험에 대해서도 모두에게 기꺼이 이야기해줄 것이다.

소크라테스는 모든 위대한 자질에 있어 완벽한 본보기였다. 그가 자신의 아름다운 영혼과는 조금도 어울리지 않는 너무나 추한 몸과 얼굴을 가졌다는 것이 애석하다. 더구나 그 자신이 그토록 아름다움을 사랑하고 그것에 커다란 애착을 가진 사람이었으니 말이다. 대자연은 그에게 심각한 불의를 저질렀다. 육체와 정신은 서로 닮아 있다는 말처럼 그럴싸하게 들리는 말도 없다.

"영혼에게 중요한 문제는 어떤 육체에 자리를 잡는가이다. 몸에서 비롯되는 수많은 요소가 정신을 날카롭게 할 수도, 무디게 할 수도 있는 까닭이다.(키케로)" 이 글을 쓴 키케로는 "본래의 상태에서 벗어나 있는 추함", "사지의 기형"에 대해 말했다.

그러나 우리는 주로 얼굴에 드러나고 첫눈에 불쾌감을 주는 것을 추하다고 여긴다. 피부색이나 점, 퉁명스러운 표정, 혹은 사지가 멀쩡해도 설명하기 어려운 이상한 느낌이 들 때 우리는 불쾌감을 느낀다. 드 라 보에시의 그토록 아름다운 영혼을 가렸던 추함이 바로 그런 것이었다. 겉으로 드러나는 추함은 매우 강렬하지만, 정신에 해를 끼치거나 평판에 큰 영향을 미치지는 않는다. '기형'이라고 불리는 다른 형태의 추함은 보다 본질적인 것으로 내면에까지 영향을 미친다. 그럼에도 구두 안 발의 모양을 드러내는 것은 구두의 모양이지, 반짝이는 광택이 아니다.

소크라테스는 자신의 추한 외모에 대해, 인격을 갈고닦으며 영혼을 가다듬지 않았다면 영혼 역시 추해졌을 것이라고 말했다. 그러나 나는 그가 늘 하던 대로 그 말을 농담으로 받아들인다. 그토록 훌륭한 자질을 가진 영혼이 그렇게 내버려뒀을 리가 없기 때문이다.

내가 아름다움을 얼마나 강력하고 이로운 자질로 평가하는지는 몇 번을 말해도 모자랄 것이다. 소크라테스는 아름다움을 '작은 폭정'이라 불렀고, 플라톤은 '대자연의 특혜'라고 불렀다. 위엄을 세우는 데 있어 아름다움을 능가하는 자질은 없다. 아름다움은 사람이 관계를 맺을 때 가장 중요한 역할을 한다. 아름다움은 모두에게 드러날 뿐 아니라, 비범하다는 인상을 주고 강력한 권위를 내세우며 우리의 판단을 농락하고 지배한다. 그리스 고급 창부 프리네가 자기 옷을 풀어헤치고 빛나는 아름다움으로 재판관들을 홀리지 않았다면, 제아무리 뛰어난 변호사의 조력을 받았더라도 소송에서 지고 말았을 것이다. 내가 알기로 세상을 정복한 세 인물, 키루스, 알렉산드로스, 카이사르 역시 그토록 원대한 계획을 실행하는 와중에도 아름다움을 소홀히 하지 않았다. 대★ 스키피오* 역시 마찬가지였다!

그리스어에서는 한 단어로 아름다움과 선함을 동시에 지칭한다. 성령께서도 '아름다운' 사람들을 지칭할 때 종종 '선한' 사람들이라고 부르지 않았던가. 어떤 고대 시인이 지었고, 플라톤이 매우 널리 알려졌다고 말한 서사시를 보면, 건강, 아름다움, 부유함의 순서로 '재산'의 서열을 매겼다. 나 역시 여기에 기꺼이 동의한다.

아리스토텔레스는 아름다운 이에게는 명령을 내릴 자격이 있으며, 그들의 아름다움이 신의 아름다움에 가까워진다면, 신에게 하듯 그들을 숭배해야 한다고 말했다. 누군가가 아리스토텔레스에게 왜 그렇게 아름다운 사람들과 더 자주, 더 오랫동안 어울리는지를 묻자, 그는 이렇게 대답했다. "장님들이나 할 법한 질문을 하는군." 대부분의 철학자, 그중에서도 가장 위대한 철학자는 아름다움과 그에 대한 사람들의 호의 덕분에 학문을 닦고 지혜를 얻을 수 있었다.

*　　스키피오 아프리카누스 Scipio Africanus를 말한다.

인간은 마지막 순간까지 기다려봐야 한다.
누구도 죽음을 맞고 장례를 치르기 전까지는
행복했었노라고 말할 수 없다.

– 오비디우스, 『변신 이야기』

우리는 태어나면서부터 죽음을 향해 간다.
시작과 끝은 하나로 연결되어 있다.

– 마닐리우스Manilius, 27 『천문』

4장

우리는 태어나면서부터
죽음을 향해 간다

삶과 죽음의 경계선에서

우리의 잠자는 모습까지 관찰하라는 말은 괜한 말이 아니다. 잠에는 죽음과 비슷한 면이 있기 때문이다. 우리는 깨어 있다가도 얼마나 쉬이 잠이 빠지는가! 우리는 얼마나 쉽사리 빛과 자신에 대한 인식을 잃어버리는가! 잠은 우리의 모든 감각을 앗아가므로 무익한 데다 자연을 거스르는 것처럼 보일 수 있다. 그러나 자연은 우리가 살기 위해서만이 아니라 죽기 위해 만들어졌다는 것을 가르쳐주려고, 죽고 나면 영원히 처해 있어야 할 그 상태를 태어나면서부터 익숙하게 여겨 두려움을 떨쳐내라고, 죽음과 비슷한 잠을 우리에게 선사했다.

급작스런 사고로 심장이 멎고 의식을 잃은 사람은 내가 생각하기에 죽음의 진짜 얼굴을 매우 가까이에서 본 사람이다. 죽음의 순간은 너무나 짧아서 어떤 감각도 느낄 수 없기에, 이승에서 저승으로 넘어가는 그 순간과 장소가 고통이나 근심을 유발할 가능성은 거의 없다. 고통을 느끼려면 시간이 있어야 하는데, 죽음의 순간은 너무나 짧고 급박해서 우리는 그것을 느낄 만한 여력이 없다……. 우리가 두려워하는 것은 '죽음이 우리 근처에 다가오는 것'이며, 그럴 때 우리는 죽음을 경험해볼 수 있다.

많은 일이 실제보다 상상 속에서 더 크게 보인다. 나는 인생의 대부분을 지극히 건강한 상태로 보냈는데, 그저 건강한 데 그치지 않고 정력적이고 혈기왕성하기까지 했다. 그처럼 건강했고 사는 게 즐겁다 보니 병에 걸린다는 생각만 해도 너무나 끔찍했다. 그러나 막상 병에 걸리고 보니, 두려워했던 것이 비해 그 영향력은 사소하고 미미하다는 것을 깨달았다.

내가 매일 느끼는 것에 대해 말해보겠다. 폭풍이 몰아쳐 비가 퍼붓는 밤에 안락하고 따뜻한 방에 편안히 있을 때면, 그 시간에 바깥에 있는 사람들이 염려되고 안타까운 마음이 든다. 그러나 내가 막상 바깥에 있으면, 다른 곳에 있고 싶다는 생각 따위는 들지 않는다.

계속 방 안에 갇혀 있는 것도 견디기 힘들다. 언젠가 갑자기 일주일을 그리고 그 후에는 한 달을 방 안에서만 지내야 한 적이 있다. 그러는 동안 나는 불안에 휩싸였고, 건강은 더 악화되어 급격히 쇠약해졌다. 병자의 처지가 되고 보니, 내가 건강할 때 병자를 지나치게 안쓰럽게 여겼다는 것을, 병에 걸린 실제 상태와 현실을 절반쯤은 부풀려 생각했다는 것을 깨달았다. 죽음도 이런 것이라면 좋을 것이다. 그래서 죽음을 예비하느라 애쓸 필요도, 죽음의 충격을 달래기 위해 도움을 받을 필요도 없기를 바란다. 그러나 무슨 일이 생길지는 아무도 알 수 없으니…… 죽음은 아무리 완벽히 준비해도 대비할 수 없다.

프랑스에서 세 번째인지 두 번째인지 종교 전쟁이 벌어진 와중에(이제 잘 기억이 나지 않는다!), 어느 날 나는 집에서 10리 정도 떨어진 곳으로 산책을 나갔다. 우리 동네는 프랑스에서 벌어진 내전 때문에 온갖 혼란에 휩싸여 있었다. 산책하러 가는 곳이 집에서 가까우니 안전할 것이라 생각해 꼼꼼하게 채비를 하지 않았다. 그래서 순하기는 하지만 그다지 믿음직스럽지 않은 말을 타고 길을 나섰다.

그런데 집으로 돌아오는 길에, 건장하고 힘이 센 내 하인 중 하나가 거세하지 않아 사납기 짝이 없는, 다시 말해 원기완성하고 정력적인 말 위에 올라타 허세를 부리며 동료들을 앞지르겠답시고 내가 가고 있는 길을 향해 전속력으로 말을 몰았다. 그러다 그 말은 왜소한 남자와 작은 말에게 거대한 동상처럼 덤벼들었고, 그 힘과 무게에 짓눌린 나와 내 말은 바닥에 거꾸로 처박혔다……. 결국 내 말은 그대로 뻗어버렸고, 나는 거기서 열 걸음 정도 떨어진 곳에 나동그라져 완전히 정신을 잃었다. 얼굴은 멍투성이에 살갗은 다 벗겨졌고 손에 들고 있던 칼은 열 걸음 더 떨어진 곳으로 날아갔으며 허리띠는 산산조각 났다. 움직일 수도 없고, 아무런 감각도 느껴지지 않으니 나뭇등걸이 된 것만 같았다 (이것이 내가 이제껏 딱 한 번 해본 실신의 경험이다).

일행은 내가 의식을 회복하도록 온갖 방법을 동원했지만, 결국 내가 죽은 줄로만 알고 나를 품에 안아 천신만고 끝에 거기서 5리 정도 떨어진 내 집으로 나를 옮겼다. 적어도 나는 두 시간 동안 송장이나 다름없었지만 차츰 의식이 돌아왔고, 움직이며 숨을 쉬기 시작했다. 토해내지 않으면 안 될 정도로 뱃속에 피가 너무 많이 고여 있어서, 그것을 뱉어내려면 기운을 차릴 수밖에 없었다. 사람들이 나를 일으켜 세웠고, 나는 양동이 하나를 가득 채울 정도로 피를 콸콸 토해냈다. 의식이 회복되는 그 긴 시간 동안 그 일을 여러 번 반복했다. 그렇게 하면서 서서히 생기를 되찾았지만, 그 과정이 매우 더디고 오래 걸려서 의식을 회복한 후 처음 느낀 감정은 삶보다는 죽음에 훨씬 더 가까웠다.

내 영혼에 깊이 각인된 이 기억은 죽음의 얼굴과 실상을 내게 보여주면서, 어떤 의미에서는 나를 죽음과 화해시켜주었다. 시력이 회복되기 시작했지만, 너무 흐릿하고 희미해 실명한 것과 다름없었기에 여전히 빛 외에는 아무것도 분간할 수 없었다.

정신의 기능은 육체의 기능과 함께 다시 제자리로 돌아왔다. 온몸이 피투성이였다. 입고 있던 웃옷은 내가 게워낸 피로 온통 얼룩져 있었다. 처음에는 머리에 총을 맞았나 하는 생각을 했다. 실제로 우리 주위에서 총소리가 많이 들렸기 때문이다. 내 생명은 입술 끄트머리에 간신히 매달려 있는 것 같았고, 눈을 감으면 내 생명을 바깥으로 더 잘 내보낼 수 있을 것만 같았다. 나는 온몸에 힘이 쭉 빠져 나른하게 있는 것이 좋았다. 그러나 이러한 생각은 내 의식의 표면에서만 부유할 뿐, 내 몸의 다른 부분들처럼 매우 빈약하고 희미했다. 그럼에도, 이 생각은 전혀 불쾌하지 않았을뿐더러 잠에 빠져드는 것처럼 오히려 감미롭기까지 했다.

기력이 쇠해 임종의 순간에 있는 이들이 그런 상태일 것이라고 생각한다. 그들이 극심한 고통에 빠져 있거나 괴로운 생각에 사로잡혀 있을 거라고 생각하며 동정하는 것은 옳지 않은 듯하다.

나는 늘 많은 이들, 심지어 내 친구 에티엔 드 라 보에시와 반대되는 생각을 해왔다. 임종을 앞두고 그렇게 쓰러져 선잠에 빠진 것 같은 사람, 오랜 지병 또는 뇌졸중이나 뇌전증에 시달려온 사람……. 또는 머리에 부상을 입고 신음하거나 가슴이 미어지는 한숨을 내쉬는 사람이 몇 가지 징후와 움직임을 보인다고 해도, 나는 항상 그들이 깊은 잠에 빠진 것처럼 영혼과 육체를 가지고 있다고 생각했다.

사지가 강력한 타격을 받고 감각이 쇠약해진 상태에서 정신이 스스로 의식을 유지할 만큼 충분한 힘을 발휘할 수 있을까? 따라서 어떤 이성적 사유도 그들을 괴롭히거나 그들이 처한 상황을 비참하게 느끼게 할 수 없다. 그러니 그런 상태에 있는 사람들을 안쓰럽게 여길 필요는 없다.

정신이 온전한데도 고통에 휩싸여 자신을 표현할 수 없는 상태보다 더 견딜 수 없는 상태가 있을까? 상상하기 어렵다. 굳세고 엄숙한 얼굴로 무겁게 침묵해야 하는 죽음이 아니라면, 혀가 잘린 채로 처형장으로 보내지는 사람들이 바로 그런 상태에 있는 것이리라. 용맹하게 전장에 나섰다가 무시무시한 사형 집행인의 손아귀에 들어간 가련한 포로들이 바로 그런 상태에 처해 있다. 사형 집행인은 육체적, 정신적 고통을 표현하거나 드러낼 방법이 없는 포로를 온갖 잔인한 방법으로 괴롭혀 지키지도 못할 과도한 몸값을 약속하도록 강요한다. 시인들은 이렇게 더디게 찾아오는 죽음을 기다려야 하는 이들을 구원하는 자비로운 신을 상상해냈다.

> 저승의 신들에게 조공*을 바치라는 명령에 따라,
>
> 내가 너를 네 육신에서 해방시키노라.
>
> — 베르길리우스

포로들의 귀에 대고 고함을 치고 윽박질러서 그들이 겨우 몇 마디 말을 하거나 일관성 없는 대답을 했다고 해서, 또는 요구에 동의하는 듯한 움직임을 보였다고 해서, 그들이 살아 있다거나 제대로 살아 있다고 볼 수는 없다. 완전히 잠에 빠지지 않고 선잠에 들었을 때 우리 역시 이런 상황을 경험하지 않는가. 주변에서

---

*　이 '조공'은 머리카락을 말한다. 이 시의 화자는 그리스 신화에 등장하는 여신이자 신들의 전령사 이리스이다.

일어나는 일이 마치 꿈처럼 느껴지고, 어렴풋하고 애매한 목소리가 영혼의 가장자리에서 맴도는 것처럼 귓전에 들려올 때 말이다. 우리는 잠결에 마지막으로 들은 말에 대답할 때도 있지만, 그 대답에 의미가 있다면 대부분은 우연의 결과일 뿐이다.

죽음을 실제로 경험해본 지금, 나는 이전에 내가 했던 판단이 옳았다는 것을 더는 의심하지 않는다. 실제로 나는 의식을 잃은 상태에서 머리로는 내가 크게 다쳤다는 것을 인식하지 못한 채, 손톱이 부러지도록 외투를 벗으려고 애썼다(당시 나는 보호 장구를 착용하지 않았다). 이는 우리 결심과 상관없이 우리 안에서 어떤 움직임이 일어날 수 있음을 보여준다. 그래서 넘어지면서 사람들은 엉겁결에 팔을 앞으로 뻗는다. 이렇게 우리의 사지는 서로 조력하며 우리 의지와 상관없이 움직인다.

내 뱃속에 엉겨 붙은 피가 가득했는데도 내 손은 평소에 가려운 곳을 긁을 때처럼 내 의지와 상관없이 저 혼자 움직이고 있었다. 많은 짐승, 심지어 사람까지도 죽은 후에 근육이 오그라들고 떨리는 모습을 볼 수 있다. 누구나 자기 신체 일부가 종종 허락 없이 움직이고, 일어서고, 털썩 주저앉는 경험을 해봤을 것이다. 하지만 이러한 움직임은 겉모습, 즉 '표면적'으로만 영향을 미치기 때문에 우리에게 속해 있다고 할 수 없다. 그런 움직임이 진정으로 우리 것이 되려면, 우리 자신이 전적으로 그 움직임에 관여해야 한다. 따라서 잠든 동안 발이나 손이 느끼는 고통은 실제로 우리 것이 아니다.

내가 집 근처에 다다르자, 낙마 사고 소식을 들은 가족이 이미 도착해 이런 상황에서 흔히 그러듯 울면서 나를 맞이했다. 그 상황에서도 나는 묻는 말에 간단히 대답했을 뿐 아니라, 가파르고 험한 길에서 힘들어하는 아내를 보며 아내에게 말을 가져다주라는 부탁까지 하려고 했다고 한다. 그런 배려는 정신이 온전할 때나 할 수 있는 것일 텐데, 그때 내 정신은 전혀 그런 상태가 아니었다. 사실 그런 생각은 내 안에서 나오는 것이 아니라 눈과 귀의 감각에서 일어나는 일이라 무의미하고 모호했다. 나는 내가 어디서 왔는지, 어디로 가는지 알 수 없었고, 사람들이 내게 묻는 말을 이해하고 따져볼 수도 없었다. 그런 생각은 마치 습관처럼 감각이 스스로 만들어내는 대수롭지 않은 현상인 듯했다. 감각에서 오는 희미한 인상이 스쳐 지나가며 흩뿌려진 꿈속에서, 정신은 그런 생각에 아주 미미하게만 관여했으리라.

　사실 나는 그런 상태에 있으면서도 지극히 안락하고 편안했다. 나는 나에 대해서도, 다른 사람에 대해서도 아무런 슬픔을 느끼지 못했다. 나른함과 극도의 무기력만 느껴질 뿐, 어떤 고통도 없었다. 내 집을 보면서도 어딘지를 몰랐다. 집까지 오는 동안 몹시 시달렸기 때문에 사람들이 나를 눕혔을 때, 비로소 얻은 휴식이 한없이 감미로웠다. 저 가엾은 사람들은 나를 팔에 안은 채로 여기까지 왔는데, 그 길이 너무나 멀고 험해서 그들은 금세 녹초가 되었고, 그 때문에 두세 번씩 교대를 하면서 갖은 고생을 해야 했다. 나에게는 독한 약이 주어졌지만, 머리에 치명적인 부상을 입었다고 생각한 나는 그 약을 하나도 먹지 않았다. 그때 내가 죽었다면 진실로 한없이 행복한 죽음이었을 것이다. 희미해진 이성은 죽음을 인식할 수 없게 했고, 쇠약해진 육체는 내가 아무것도 느낄 수 없게 했기 때문이다. 어찌나 평온하고 편안하게 그리고 기분 좋게 쇠하여갔던지, 그보다 덜 괴로운 일은 이 세상에 없을 거라는 생각이 절로 들 지경이었다.

마침내 원기를 되찾아 기력을 회복하기까지 두세 시간이 걸렸고, 다시 극심한 통증이 찾아왔다. 말에서 떨어지면서 사지 육신이 산산조각 난 듯했고, 두어 날 밤 어찌나 고통스러웠던지 나는 또 한 번, 그러나 훨씬 더 괴롭게 죽음의 문턱까지 다녀왔다. 지금까지도 그 고통의 여파를 느낀다. 나는 이 점을 잊지 않으려 한다. 내가 마지막으로 떠올린 것은 사고의 기억이라는 것을 말이다.

나는 무슨 일이 있었던 것인지 납득이 될 때까지 내가 어디를 갔고, 어디에서 왔으며, 언제 그 사고가 일어났는지에 대한 이야기를 듣고 또 들었다. 사람들은 내가 어떻게 말에서 떨어졌는지에 대해서는 사고를 낸 당사자를 배려해 다른 이유를 지어냈다. 그러나 오랜 시간이 지난 어느 날 아침, 내 기억이 되살아났고 말이 나를 덮치는 것을 지각했던 순간의 내 상태가 떠올랐다(나는 내 뒤를 쫓아오는 말을 보고 죽음을 직감했지만, 너무나 갑작스럽게 떠오른 생각이라 두려움이 거기 들어설 여지가 없었다). 그 순간 벼락이 내 영혼을 후려친 것 같았고, 저승에서 돌아온 것만 같았다.

이 평범한 사고 이야기는 하찮게 보일 수 있지만, 내가 거기서 깨달은 교훈은 결코 하찮지 않다. 죽음에 익숙해지는 데 가장 좋은 방법은 죽음에 가까워지는 것이다. 고대 로마 학자 플리니우스가 말하듯, 자신을 가까이에서 들여다볼 수만 있다면, 각자는 자기 자신에게 매우 훌륭한 연구 대상이 될 수 있다. 내가 여기서 말하는 것은 내가 믿는 것이 아닌 내가 경험한 것이다. 그것은 다른 사람에게서 배운 것이 아니라, 내가 스스로 깨달은 나만의 교훈이다.

삶의 완성은 죽음에서 시작된다

인간은 마지막 순간까지 기다려봐야 한다.
누구도 죽음을 맞고 장례를 치르기 전까지는
행복했었노라고 말할 수 없다.

— 오비디우스, 『변신 이야기』

    고대 리디아의 마지막 왕 크로이소스의 이야기[28]는 삼척동자도 알 정도로 널리 알려져 있다. 그는 페르시아 제국으로 진격하다 페르시아 왕 퀴로스에게 참패하여 화형 선고를 받고 장작에 묶여 "오, 솔론, 솔론!"이라고 외쳐댔다. 이 일을 보고받은 퀴로스는 크로이소스에게 왜 그 이름을 외쳤는지 물었다. 이에 크로이소스는 예전에 그리스 현자 솔론이 자신에게 했던 경고를 죽음을 목전에 두고서야 깨닫게 되어서라고 대답했다.

솔론이 말하기를, 너무나 불확실하고 별의별 일이 다 일어나는 인간사는 사소한 변화 하나로도 완전히 반대의 상황으로 치달을 수 있으니, 무릇 인간이란 제아무리 운이 좋은 사람이라도 삶의 마지막 날을 맞이하기 전까지는 감히 행복하다고 말할 수 없다고 했다는 것이다.

그런데 누군가 페르시아의 왕은 매우 젊은 나이에 그토록 중요한 위치에 올랐으니 행복하다고 말할 수 있는 것 아니냐고 하자, 스파르타의 왕 아게실라오스는 이렇게 대답했다.

"그건 그렇지, 하지만 트로이의 왕 프리아모스도 그 나이에는 불행하지 않았다네."[29]

마케도니아 알렉산드로스 대왕의 후손 중에서는 로마에서 목수나 사서가 된 이들도 있고, 시칠리아의 참주 중에서는 코린토스에서 교사가 된 이들도 있다. 세계의 절반을 정복하고 수많은 군대를 진두지휘했던 이는 이집트 왕의 별 볼일 없는 관리들에게 머리를 조아리는 비참한 신세가 되었다. 이 사람은 바로 고대 로마 공화정의 위대한 총사령관 폼페이우스였다. 그는 고작 대여섯 달 더 목숨을 부지하겠다고 혹독한 대가를 치러야 했다.*

---

* 내전이 일어나 파르살루스 전투에서 카이사르에게 패한 폼페이우스는 이집트의 왕 프톨레마이오스 13세Ptolemy XIII에게 의탁하려 했으나, 프톨레마이오스는 카이사르가 승리하는 것을 보고 그의 환심을 사기 위해 폼페이우스를 암살하고 그의 머리를 카이사르에게 보냈다.

또한 그보다 더 오래전의 이야기도 있다. 밀라노에서 열 손가락 안에 드는 루도비코 스포르차 공작은 프랑스와 동맹을 맺은 후, 정복전쟁을 감행하며 이탈리아 전역을 혼란에 빠트렸다. 그러나 전쟁에서 패한 후, 그는 프랑스 로슈 감옥에서 숨을 거두었다. 무려 10년을 갇혀 있다가 그렇게 되었으니, 그야말로 참혹한 말로였다.*

기독교 세계의 가장 위대한 왕의 미망인이자 그 누구보다 아름다웠던 여왕**은 망나니의 손에 죽지 않았던가? 이 얼마나 부당하고 야만스러운 잔악한 행위인가! 이런 이야기는 무수히 많다. 폭우와 돌풍이 무시무시한 격랑을 일으키며 사납게 배들을 덮치는 것처럼, 저 위에는 지상의 위대함을 시샘하는 정령이 있는 것만 같다.

"그러므로 인간의 권능은 보이지 않는 힘에 의해 무너지고, 권력자의 비정한 나무 몽둥이와 오만함을 뽐내는 도끼는 발아래 짓밟혀 조롱받으리라."

운명은 우리가 오랜 세월에 걸쳐 쌓아온 것을 한순간에 무너뜨릴 수 있음을 보여주기 위해 삶의 마지막 날까지 우리를 시험

* 루도비코 스포르차Ludovico Maria Sforza는 일 모로le More라는 별명으로 더 자주 불렸다. 1500년, 전쟁 중에 부하의 배신으로 프랑스군에 넘겨져 루이 12세의 포로가 되었으며, 1507년 프랑스 로슈 감옥에서 사망했다.
** 마리 스튜어트Marie Stuart 여왕으로 1587년 2월 18일 참수형으로 생을 마감했다.

하는 듯하다. 그리고 우리로 하여금 고대 로마 작가 라베리우스처럼 이렇게 외치게 한다.

정녕 내 삶에서 이 하루를 더 산 것은 분에 넘치는
일이었구나.

― 마크로비우스Macrobius,[30] 『사투르날리아』*

고로 솔론의 경고는 옳다. 그러나 그는 철학자였고, 철학자들은 운명의 호의나 악의에 따라 행복하거나 불행하지 않으며, 명예나 권세를 우연히 얻는 것을 대수롭지 않게 여긴다. 따라서 그는 아마도 보다 멀리 내다봤을 것이며, 이렇게 말하고 싶었을 거라고 생각한다. 삶의 행복은 좋은 성품으로 누릴 수 있는 평온과 만족감 그리고 강인한 영혼의 결단력과 침착함에 의해 결정된다. 따라서 삶이라는 연극의 가장 힘든 막장, 즉 가장 고달픈 순간을 어떻게 연기하는지를 보기 전까지는 그가 행복한 삶을 살았다고 단언할 수 없다고 말이다.

왜냐하면 사람은 죽을 때가 아니라면, 거짓된 모습을 연기할 수 있기 때문이다. 철학의 훌륭한 담론은 그저 말치레일 뿐이거

*   라베리우스는 '신랄하고 솔직한 로마의 기사'처럼 묘사된다. "카이사르는 50만 세스테르티우스를 줄 테니 라베리우스가 쓴 희곡을 무대에서 직접 연기해달라고 제안했다." 라베리우스는 마지못해 카이사르의 제안을 수락했다.

나, 삶에서 마주하는 시련은 우리에게 치명적인 타격을 입히지 않기 때문에, 우리는 늘 태연한 얼굴을 할 수 있다. 그러나 죽음과 우리 자신이 등장하는 삶이라는 연극의 막장에서는 더는 아닌 척할 수 없기에 본심을 드러내야 한다. 항아리 저 밑바닥에 있는 것까지 거리낌 없이 보여주어야 한다.

> 오직 그때가 되어야만 우리 마음 깊은 곳에서 진심 어린 말이
> 나오며, 가면은 벗겨지고 현실만이 남게 되리라.
>
> — 루크레티우스

그렇기에 그 마지막 순간은 우리가 살아가면서 했던 모든 행동의 시금석이자 척도가 될 것이다. 그날은 다른 모든 날을 심판하는 최후의 날이다. 한 고대 작가가 말한 것처럼,[31] "나의 지난날을 모두 심판하는 날이다." 나는 내 학문적 성과를 판정하는 일을 죽음에 맡긴다. 그때가 되면 나의 의미심장한 말이 그저 입에서 나왔는지, 가슴에서 나왔는지 알게 되리라.

죽음을 맞이하고 나서야 그의 전 생애가 좋은 평판을 받거나 나쁜 평판을 받는 경우를 나는 여러 번 보았다. 폼페이우스의 장인 스키피오는 훌륭하게 생을 마감하면서 그동안 받아온 좋지 않은 평판에서 말끔히 벗어났다.* 에파미논다스에게 그 자신을 포함하여 카브리아스, 이피크라테스까지 그리스의 세 장군 중 누가 가장 뛰어난 장군인지를 묻자, 그는 "죽는 모습을 보기 전까

지는 결정할 수 없다"라고 답했다. 실제로 누군가 마지막 순간에 갖게 될 영광과 명예를 고려하지 않고 그를 판단해버린다면, 그에게서 많은 것을 앗아가는 것이나 마찬가지일 것이다.

신의 뜻이었겠지만, 내가 아는 한 가장 악랄하고 비열한 삶을 살았던 우리 시대의 가장 가증스러운 저 세 사람은 모든 면에서 완벽할 정도로 정갈하고 단정하게 죽음을 맞았다.

훌륭하고 복된 죽음도 있다. 나는 창창한 미래가 기다리고 있는 순조로운 인생의 흐름이 죽음으로 갑작스레 끊기는 것을 본 적이 있다. 더욱이 한 사람의 인생이 만개한 순간에 그 흐름이 멈추는 것을 보았는데, 그 마지막이 너무나도 훌륭하여 패기와 열의에 찬 그의 목표도 그 돌연한 단절만큼 숭고하지는 않다는 생각이 들 정도였다. 그는 원하지 않았는데도 그가 바라고 원했던 것 이상으로 더욱 고결하고 영광스럽게 자신이 바라던 목표에 도달한 셈이다. 달음질치며 얻고자 했던 권력과 명성을 중도에 넘어지면서 미리 받게 된 것이 아닌가.**

타인의 삶을 판단할 때, 나는 항상 그 마지막이 어땠는지를 본다. 또한 내가 살아가면서 가장 크게 마음을 쓰는 일 중 하나는 삶을 잘 끝내는 것, 즉 평온하고 고요하게 죽음을 맞는 것이다.

---

*   이는 몽테뉴의 착각이다. 적의 포로가 되지 않기 위해 자결을 택한 사람은 폼페이우스의 장인이 아닌 그의 사위였다.
**   몽테뉴가 말한 사람은 누구일까? 에티엔 드 라 보에시로 추측된다.

죽음 앞에서 우리는 무엇을 묻는가

나는 어떤 귀족에게서 전쟁 중에 있을 때나 치세를 누릴 때나 유명세를 떨치던 내 친척 중 한 사람에 대한 이야기를 듣고 언짢았던 적이 있다. 고령인 데다 신장 결석으로 극심한 고통에 시달리며 자기 집에서 오늘내일하던 그 친척은 임종의 순간까지 조바심을 내며 자신의 장례식을 준비하는 데 전념했다고 한다. 그는 병문안을 온 귀족 모두에게 자신의 장례행렬에 참석하겠다는 약속을 받아내려 했다. 임종을 앞둔 자신을 보러 온 왕에게까지 온갖 사례와 이유를 들어 자기 정도의 사람은 그럴 자격이 있다면서 왕가 사람들을 자신의 장례식에 참석시켜줄 것을 간곡히 애원했다. 그는 왕의 약속을 받아내고는 자신이 원하는 대로 장례식을 치를 수 있게 된 데 흡족해하면서 숨을 거두었다고 한다. 나는 그토록 지독한 허영을 본 적이 없다…….

나의 일가친척 중에서 이와 비슷한 또 다른 특이한 경우가 있는데, 아마도 그는 앞의 친척과 가까운 집안사람인 듯하다. 그는 자신의 장례를 어떻게 치를지 마지막 순간까지 고심한 끝에, 하인 한 사람과 등불 하나만으로 장례를 치르라고 할 정도로 지나치게 인색했다고 한다. 이런 태도를 칭송한 경우도 있다. 고대 로마 정치가 마르쿠스 아이밀리우스 레피두스는 자손들에게 지금껏 해오던 관례대로 자신의 장례식을 치르지 말라고 명령했다.[32] 우리가 알지도 못하고 누리지도 못하는 것에 쓸데없이 많은 돈을 들이지 않는 것이 정말로 절제이고 검약일까? 그것은 너무나 단순하고 값싼 파격이다.

장례에 대한 어떤 규정을 마련해야 한다면, 삶을 살아가는 모든 행위와 마찬가지로 이런 상황에서도 각자가 자신의 형편에 맞는 방침을 가져야 한다고 생각한다. 고대 그리스 변론가 리콘은 현명하게도 친구들에게 자기 시신을 그들이 가장 적당하다고 생각하는 곳에 안치하고, 장례식은 너무 성대하지도 너무 초라하지도 않게 치러달라고 부탁했다.

나라면 그저 관례에 따라 장례를 치르도록 할 것이며, 장례를 치르기 위해 제일 먼저 와준 사람들의 재량에 맡길 것이다. 장례란 "자기 자신을 위해서는 조금도 신경 쓸 필요가 없는 일이고, 가족들을 위해서는 소홀히 해서는 안 될 일이다.(키케로, 『투스쿨룸 대화』)" 그리고 한 성인의 거룩한 말처럼 장례를 치를 것이다.

> 장례 준비, 장지 선택, 성대한 의식 같은 것은 망자를
> 위해서라기보다 산 자들을 위로하기 위한 것들이다.
> — 성 아우구스티누스, 『신국론』

그래서 소크라테스는 마지막 순간에 장례를 어떻게 치러주기를 원하느냐는 죽마고우 크리톤의 질문에 "자네들이 원하는 대로 해주게"라고 대답했다.

장례에 대해 더 깊이 고민해야 한다면, 자신을 자랑스럽게 드러내는 아름다운 묘지를 살아 있을 때 미리 준비하고, 죽은 후에도 자신의 모습이 대리석에 새겨지는 것을 기꺼이 받아들이는 사람들을 본받는 편이 더 품위 있을 거라고 생각한다. 평온하게 자신의 감정을 즐기고 만족할 줄 알며, 사는 동안 죽음을 준비하는 이들은 행복할지니!

시작과 끝은 하나로 연결되어 있다

일상적으로 겪는 변화와 쇠락을 지켜보며 자연이 어떻게 우리의 상실과 쇠퇴를 감지하지 못하게 하는지 깨달아보자. 청춘의 활력과 지나간 삶은 한 노인에게 무엇을 남겼는가?

카이사르는 지칠 대로 지쳐 완전히 녹초가 된 자신의 근위병이 생을 마감하고 싶으니 허락해달라고 하자 이렇게 대답했다.

"그대가 아직 살아 있다고 생각하는가?"

만약 우리가 하루아침에 노쇠해진다면, 우리는 그런 급격한 변화를 받아들이지 못할 것이다. 그러나 자연은 완만한 경사로로 우리를 데려가 우리가 느끼지 못할 만큼 조금씩, 서서히 그렇게 가련한 상태로 몰아넣고 그것에 익숙해지게 한다. 그래서 청춘이 우리 안에서 죽어갈 때 우리는 어떤 충격도 느끼지 못한다.

사실 그 죽음은 쇠약한 생명이 갑자기 사라지는 것보다, 천수를 누리고 죽는 것보다 더욱 잔인한 죽음이다. 병든 존재에서 무존재로 추락하는 것은 활짝 꽃핀 즐거운 존재에서 슬프고 고통스러운 존재로 추락하는 것만큼 끔찍하지는 않기 때문이다.

우리 몸이 구부정하게 굽으면 무거운 짐을 지탱하기가 더 힘들어진다. 우리 영혼도 마찬가지다. 영혼을 일으켜 세워 적의 힘에 맞서게 해야 한다. 위협 속에서 영혼은 안정을 찾을 수 없지만, 반대로 단단해진다면 인간이 처한 조건을 초월해 그 안에서 불안도, 고통도, 두려움도, 심지어 조금의 불쾌감도 느끼지 않게 되었다며 스스로를 자랑스러워할 것이다.

따라서 영혼은 자기 정념과 욕망의 지배자가 되어 욕구와 수치심과 빈곤과 운명이 빚어내는 그 모든 부당함을 제압할 것이다. 할 수만 있다면 이 혜택을 누려보자. 이것이 바로 우리가 힘과 불의에 용감하게 맞서고, 감옥과 족쇄를 우습게 여길 수 있게 하는 진정한 최고의 자유이다.

> 네 손과 발에 족쇄를 채워 험악한 간수가 너를 감시토록
> 하리라.
> — 신께서 나를 자유케 하시리라.
> 차라리 나는 죽을 것이라고 말해라. 죽음 속에서 모든 것이
> 끝날 것이니.
>
> — 호라티우스, 『서간시』

우리 종교는 인간 삶의 가장 확실한 근본적인 원리 중 하나로 삶을 대수롭지 않게 여기는 태도를 권면한다. 이성마저도 우리를 그리로 인도한다.

한번 잃어버리고 나면 더는 후회할 수 없는 것을 잃을까 봐 두려워할 이유가 무엇인가? 게다가 그토록 많은 죽음의 방식이 우리를 위협하는데, 그 모두를 두려워하느니 차라리 그중 하나를 맞닥뜨리는 편이 낫지 않겠는가? 죽음을 피할 수 없다면, 죽음이 언제 오는지 알아서 무엇하랴? 소크라테스는 "서른 명의 참주가 자네에게 사형을 선고했네"라는 말을 듣고도 이렇게 대답했다. "대자연이 그들에게도 같은 선고를 내렸네."

모든 고통에서 벗어나는 순간에 괴로워하다니, 우리는 얼마나 어리석은가! 태어나면서 그 모든 것이 시작되었으니, 우리가 죽음으로써 그 모든 것이 끝나리라. 100년 전에 살지 않았다고 원통해하는 것이 미친 짓인 것처럼, 100년 후에 살지 않을 것을 원통해하는 것 역시 미친 짓이다. 죽음은 또 다른 생의 시작점이다. 우리는 이 삶에 들어오는 것이 무척 괴로워서 울었다. 이 삶에 들어오려면 지난날의 모습은 벗어버려야 하기 때문이다.

한 번으로 끝나는 일은 진정으로 고통스러운 일이 아니다. 그토록 짧은 시간에 일어나는 일을 그토록 오랫동안 두려워해야 할 이유가 무엇인가? 죽음의 관점에서 보면 오래 사는 것이나 짧게 사는 것이나 매한가지다. 더 이상 존재하지 않는 마당에 길고 짧은 게 다 무슨 소용이란 말인가.

아리스토텔레스가 말하길, 히파니스강*에는 단 하루만 사는 작은 벌레가 있다고 한다. 아침 8시에 죽으면 젊어서 죽은 것이요, 오후 5시에 죽으면 늙어서 죽은 셈이다. 이토록 짧은 순간을 놓고 행불행을 따진다면 그 누가 비웃지 않겠는가? 또한 영원이라는 시간 그리고 산이며 별, 나무, 어떤 짐승이 살아온 시간에 견준다면, 우리 생이 기니 짧으니 하는 것 역시 우스꽝스럽긴 마찬가지다.

더구나 대자연은 우리를 몰아세우며 이렇게 말한다. "그대가 이 세상에 들어왔던 것처럼, 이 세상에서 나가라. 죽음에서 삶으로 들어왔던 그 길로 되돌아가, 고통도 두려움도 없이 삶에서 죽음으로 넘어가라. 그대의 죽음은 자연을 이루고 있는 하나의 조각이며, 세상의 생명을 이루는 조각이다."

> 죽음을 피할 수 없는 인간이 서로에게 생명을 전해주니,
> 그 모습이 마치 서로에게 횃불을 건네주는 이어달리기 주자
> 같노라.
>
> — 루크레티우스

무엇 하러 그대를 위해 이 아름다운 질서를 바꾸어야 하는가?

---

* 고대에 이 이름으로 불린 강이 두 개 존재했다. 스키티아의 히파니스강(현재의 부그강)과 사르마티아의 히파니스강(현재의 쿠반강)이다.

죽음은 그대가 창조될 때부터 주어진 운명인 것을. 죽음은 그대의 일부이므로 그것을 회피한다면 그대 자신을 회피하는 것이다. 그대가 누리는 이번 생에는 삶과 죽음이 공평하게 존재한다. 그대가 태어난 날, 그대는 삶을 향해 첫걸음을 내딛는 동시에 죽음을 향해서도 첫걸음을 내딛었다.

삶을 시작하는 첫 순간, 죽음으로 가는 여정이 시작되리라.

— 세네카, 『헤라클레스』

나는 열정적으로 죽음을 배우겠노라

집정관 대★ 카토와 자결한 소↑ 카토를 비교하는 이들은 비슷한 두 가지 훌륭한 천성을 비교하는 셈이다. 대 카토는 다양한 모습으로 자신을 드러냈는데, 특히 군사상의 공적과 정치적 활동에서 두각을 나타냈다. 반면 소 카토는 다른 누군가와 견주는 것이 모욕이 될 만큼 단호하고 흠결 없는 덕성을 보여주었다. 하기야 선한 천성과 덕성 면에서 동시대에 다른 누구보다도 위대했던 스키피오 장군의 명예를 감히 훼손하려 했던 '집정관' 대 카토의 시기심과 야망을 어떻게 소 카토와 비교할 수 있겠는가?

대 카토는 매우 고령에 이르러 오랜 갈증을 해소하려는 듯 엄청난 열정으로 그리스어를 배우기 시작했다고 전해진다. 이는 그의 평판에 크게 도움이 되는 이야기는 아닌 듯하다. 그것이야 말로 우리가 "노망이 났다"라고 표현하는 행동이 아니겠는가. 모든 일에는 때가 있는 법이다. 좋은 일도, 그렇지 않은 일도 마찬가지이다. 나 역시 가끔 뜬금없이 '주님의 기도'를 암송할 때가 있다. 로마 장군 티투스 퀸티우스 플라미니우스도 전쟁 중에 신에게 기도를 바쳤다가 전쟁에서 승리를 거두었음에도 기도에 시간을 허비했다는 이유로 비난을 받아야 했다.

> 현자는 선이라 해도 한계를 두는 법이다.
>
> — 유베날리스Juvenalis[33]

에우다미다스 왕은 철학자 크세노크라테스가 고령에도 여전히 학문을 닦는 데 힘쓰는 걸 보며 탄식했다. "저 나이에 아직도 배우고 있다니, 언제쯤 뭔가를 좀 알게 될까?" 필로포이멘 장군은 매일 무기술을 훈련하며 심성을 도야하는 프톨레마이오스 왕을 칭송하는 이들에게 말했다. "그 나이에 왕이 무기술을 연습하는 것은 칭송할 만한 일이 아니오. 이제 실제로 무기를 사용해야지."

젊은이는 인생을 준비해야 하고, 노인은 인생을 즐겨야 한다고 현자는 말한다. 그런데 문제는 우리의 욕망이 끊임없이 젊어진다는 것이다. 우리는 계속해서 새로운 삶을 살아가려 한다. 우리의 취향과 욕망도 언젠가는 자신이 늙었다는 것을 깨달아야 한다. 우리 발 한쪽은 이미 무덤에 있는데도, 우리의 욕망과 욕구는 계속해서 다시 태어난다.

> 그대는 죽음을 앞에 두고 대리석을 깎으라 하고,
>
> 무덤을 생각하기는커녕 집을 짓고 있다.
>
> — 호라티우스

　나의 계획 가운데 가장 긴 것도 1년을 넘지 않는다. 나는 이제 나의 죽음만을 생각한다.* 온갖 새로운 희망과 시도를 단념하고, 떠나려는 모든 곳에 작별을 고하며, 내가 가진 것에서 하루하루 서서히 멀어진다. "잃지도, 얻지도 않은 지 오래되었다. 가야 할 길보다 남아 있는 양식이 더 많다.(세네카)" "나는 운명이 내게 정해준 일생을 모두 마쳤다.(베르길리우스)"

　내가 늙어가면서 마침내 발견한 위안은 세상사의 흐름, 부, 권세, 지식, 건강, 스스로에 대한 걱정 등 살아가면서 맞닥뜨리는 수많은 욕망과 불안이 노년에는 잠잠해진다는 것이다. 이렇듯 영원히 침묵해야 할 때인데도 말을 배우기 시작하는 사람이 있다니! 공부에는 나이가 없다지만, 다 늙어서 학교에 갈 수는 없다. 그런데 노인이 기초적인 말하기를 배우려 하다니 얼마나 어리석은 짓인가!

　공부를 해야 한다면 자기 처지에 맞는 공부를 해야 한다. 그래

---

*　이는 물론 수사적 표현이다. 몽테뉴는 1588년에 이 글을 썼고, 공교롭게도 얼마 지나지 않아 1592년에 사망했다.

야 다 늙어빠져서 그런 공부는 왜 하느냐는 질문에 "더 현명하고, 더 홀가분하게 떠나려고"라는 대답을 할 수 있을 것이다.

소 카토가 자신의 죽음이 머지않았음을 직감하고 영혼의 불변성에 관한 플라톤의 대화편을 읽은 것이 바로 그런 종류의 공부였다. 어쨌든 그는 오래전부터 그런 방식으로 죽음을 향해 출발할 만반의 준비를 하고 있었다. 실제로 그는 플라톤의 글에서 배울 수 있는 것보다 더 큰 자신감과 확고한 의지 그리고 학식을 지니고 있었다. 이런 관점에서 볼 때, 그의 지식과 용기는 철학을 능가한다.

그는 죽음에 대비하려고 그런 공부에 몰두한 것이 아니었다. 큰 결정을 해야 하는 중대한 순간에도 잠을 청할 수 있었던 그는 특별히 다른 일이나 행동을 하지 않고 늘 하던 일을 하면서 죽음을 준비했다. 그는 집정관으로 선출되지 못한 그날 밤을 놀면서 보냈다. 죽어야겠다고 결심한 그 밤은 책을 읽으면서 보냈다. 생명을 잃는 것이나, 공직을 잃는 것이나 그에게는 같은 의미였다.

차분하게 자신의 삶을 살아나가는 것

로마 황제 베스파시아누스는 죽을병에 걸렸을 때도, 나라가 어떻게 돌아가고 있는지를 파악하려 했고, 병상에서도 수많은 중대사를 쉼 없이 처리했다. 주치의가 그러다 건강을 해친다며 우려하자, 그는 "황제는 서서 죽어야 한다"라고 대답했다. 이 얼마나 훌륭한 말이며, 위대한 군주다운 말인가. 훗날 같은 상황에서 하드리아누스 황제 역시 이 말을 그대로 옮겼다. 그토록 많은 사람을 다스리는 이 막중한 책임을 게으른 자들은 절대 짊어질 수 없다.

쓸데없이 헛된 일에 빠져 허송세월하는 왕을 모시는 신하들이 그를 위해 헌신하고 자기 목숨을 바치겠다는 생각을 할 리 없으며, 신하의 안위를 돌보지 않는 왕을 바라보는 신하들이 왕의 안위를 지키는 데 관심을 가질 리가 없으니, 왕에게 이 말을 수시로 상기시켜주어야 마땅할 것이다.

왕이 직접 전쟁을 지휘하기보다 다른 이에게 위임하는 편이 낫다고 주장하는 이가 있다면, 그는 운 좋게 왕의 부관들이 대규모 공격을 성공적으로 이끈 사례와 왕의 참전이 득보다 실이 되었던 사례를 충분히 제시할 수 있을 것이다. 그러나 용맹하고 덕망 있는 왕이라면 누구도 그렇듯 치욕적인 고언을 받아들이지 못할 것이다. 이는 왕의 권위를, 즉 그의 지위에 붙어 있는 행운을 지킨답시고 왕을 마치 성자의 동상처럼 모셔두는 것과 다르지 않기 때문이다. 또한 왕에게 온전히 부여된 군대를 통솔하는 역할을 박탈하고 그를 무능력한 왕으로 간주하는 것이나 다름없기 때문이다.

내가 아는 어떤 왕*은 전쟁터에서 잠을 자기보다 차라리 싸워서 패배하기를 택했고, 자신이 없을 때 자기 부하들이 큰일을 해내는 것을 볼 때면 질투심에 휩싸였다고 한다. 셀림 1세** 역시 왕의 통솔 없이 얻은 승리는 완전한 승리가 아니라고 말했다. 게다가 그는 말과 생각으로만 참전해놓고 그 승리에 자신도 공을 세웠노라 말하는 것은 얼굴이 벌겋게 달아오를 정도로 부끄러운

---

*   앙리 4세를 말한다.
**   특유의 잔혹한 기질과 이집트 영토 정복으로 이름을 떨친 오스만 제국의 술탄(1467-1520).

일이라고 일갈했다. 전장 한가운데서 왕이 직접 하달하는 결정과 명령만이 명예를 가져다준다는 점에서 그 말은 백번 옳다. 어떤 조타수도 뭍에서는 자신의 역할을 할 수 없는 법이다!

전쟁운이 좋기로 세계 제일인 오스만 제국의 군주들은 이런 주장을 열렬히 신봉했다. 그러니 선왕들과 달리 학문과 내치에 더 큰 관심을 쏟은 바예지드 2세와 그의 아들*은 제국에 큰 손해를 입혔다고 말할 수도 있을 것이다. 그리고 현재 재위 중에 있는 무라드 3세**도 그들을 본받아 같은 길을 가려고 하는 듯하다. 영국 왕 에드워드 3세는 우리 왕 샤를 5세에 대해 이렇게 말했다. "그처럼 무기를 많이 들지 않고도, 그처럼 나를 동분서주하게 만든 왕은 결코 없었다." 영국 왕이 프랑스 왕의 행동을 의아하게 여기고, 논리보다는 운에 따른 결과라고 생각한 것은 당연한 일이었다.

카스티야와 포르투갈의 왕을 용맹하고 대범한 정복자로 생각하는 이들이 있다면, 내가 아닌 다른 사람에게 동의를 구해보길 바란다. 이 왕들은 자신들의 거처에서 1천 200리나 떨어진 곳에

---

* 바예지드 2세Bayezit II는 1481년부터 1512년까지 오스만 제국을 통치했다. 몽테뉴의 말과 달리 그는 전쟁을 치르긴 했으나 이집트를 상대로 예상했던 승리를 거두지는 못했다. 여기서 '그의 아들'이란 술탄의 친위부대인 예니체리의 지원으로 왕좌에 오른 셀림 1세Selim I가 아닌 코르쿠트Korkut를 말한다.
** 1574~1596년까지 재위.

서 느긋하게 호위병들의 보호를 받으며 동인도와 서인도의 주인 자리를 꿰찼기 때문이다. 그들이 그곳을 몸소 찾아가 주인 행세를 할 용기라도 있을는지 의문이 들지 않을 수 없다…….

율리아누스 황제는 더 나아가 철학자와 대범한 사람은 그저 숨 쉬는 것에 만족해서는 안 된다고 말했다. 그는 육체에 꼭 필요한 것만을 충족시키는 데 그치지 말고, 육체와 영혼을 끊임없이 위대하고, 훌륭하며, 고귀한 일에 바쳐야 한다고 주장했다. 그는 끊임없는 수련과 연마 그리고 절제를 통해 몸에 있는 쓸데없는 것을 다 말려버려야 한다고 생각했기에, 사람들이 보는 앞에서 침을 뱉거나 땀을 흘리는 것마저 수치로 여겼다(라케다이몬 청년들도 그랬다고 하며, 크세노폰도 페르시아 청년들에 대해 이렇게 말한 바 있다). 고대 로마인들은 청년기를 꼿꼿이 선 채로 보낸다는 세네카의 말은 여기에 꼭 들어맞는다. "그들은 아이들에게 앉아서 배울 수 있는 것은 그 무엇도 가르치지 않았다.(세네카)"

담대하게 가치 있는 죽음을 맞고자 하는 고결한 바람은 굳센 결단력보다는 좋은 운수가 따라야 이루어진다. 전투에서 승리하거나, 그러지 못할 바에는 차라리 죽겠다고 결심했으면서도 이러지도 저러지도 못한 채 부상을 입고 포로가 되어 자신의 결심과 달리 마지못해 살아갔던 이들이 무수히 많다. 또한 어떤 질병은 우리 의지를 꺾고 의식을 잃게 하여 우리의 결심마저 무너뜨린다.

로마 군단은 굳이 운수의 도움을 받을 필요가 없었다. 그들에게는 승리 아니면 죽음, 두 개의 선택지밖에 없었다. "나, 마르쿠스 파비우스는 승리하고 돌아와야 한다. 만일 실패한다면, 만물의 아버지 주피터, 전쟁의 신 마르스 그리고 또 다른 신들의 분노가 나를 덮치리라." 포르투갈인은 인도를 정복하던 중, 그곳에서 죽거나 승리하거나 둘 중 하나를 선택해야 하는 병사들을 만났다고 한다. 그들은 스스로를 끔찍한 저주로 단죄하며, 삭발하고 턱수염을 밀어 자신의 맹세를 증명했다. 하지만 우리가 아무리 위험을 감수하고 고집을 부려봤자, 운명의 타격은 대범하게 자신을 내던지는 자들은 피해 가고, 자발적으로 자신을 드러내는 자는 건드리지 않으면서 그들의 목표를 방해한다. 갖은 수를 다 썼는데도 적의 손에 죽지 않은 사람은 자신의 결심에 따라 명예롭게 전쟁터에서 돌아오거나, 전쟁의 혼란 속에서 스스로 목숨을 끊어야 했다.

이러한 사례는 많지만, 하나만 살펴보자. 디오니시우스 2세의 해군 사령관 필리스투스는 시라쿠사 군대와 전쟁을 벌였는데, 양측의 전력이 막상막하하여서 도무지 그 끝을 가늠할 수가 없었다. 그는 훌륭한 작전을 펼쳐 전쟁 초반에는 우위를 점했으나, 시라쿠사 군대는 그의 갤리선을 포위하여 탈취했고, 그는 거기서 탈출하기 위해 장렬하게 싸웠다. 그러나 그의 목숨은 완전히 적의 손으로 넘어갔고, 결국 그는 허망하게 스스로 목숨을 끊어야 했다.

포르투갈 왕 세바스티안과의 전투에서 이제 막 승리를 거둔

페즈의 왕 물레이 압델말리크*는 세 왕이 전사하고 포르투갈의 찬란한 왕관이 카스티야로 이양된 바로 그 역사적인 날에 중병을 앓고 있었다. 포르투갈 군대가 무기를 들고 그의 왕국에 쳐들어왔을 때, 물레이 압델말리크의 상태는 갈수록 악화되어 죽을 날만을 기다리고 있었다. 그럼에도 그는 누구보다도 담대하고 용맹하게 자신의 역할을 완수했다. 그는 왕국의 관례에 따라 화려한 볼거리가 가득한 진지 입성식의 장엄한 의식을 감당하기엔 너무 쇠약해져서, 그 영광을 자신의 형제에게 양보했다. 그러나 그것이 그가 포기한 유일한 임무였다. 그는 왕국에 도움이 되고 꼭 필요한 모든 임무를 성실하게, 빈틈없이 수행했다. 비록 병상에 누워 있었지만, 그의 지성과 용기는 마지막 숨을 거둘 때까지, 어쩌면 그 이후에도 계속해서 굳세게 유지되었다.

그는 자기 왕국으로 겁 없이 진격하는 적들을 섬멸할 수도 있었다. 그러나 병세가 악화되어 죽음을 앞두고 있었고, 이 전쟁을 수습하고 혼란에 빠진 국사를 맡길 만한 사람도 없었기에 더 완벽하게 적을 압도하고 승리할 수 있었는데도, 피비린내가 진동하는 백중지세의 전쟁을 치러야 하는 것을 무척 애석하게 생각했다. 그래서 그는 적군의 병력을 소모시키고 아프리카 해안에

---

* 1575년부터 1578년까지 모로코의 술탄이었다. 몽테뉴는 그가 사망하고 10년 후 여기에 그의 죽음에 관한 이야기를 썼다(이 이야기는 1588년 이후에 쓰인 원고에 존재한다).

있는 아군의 요새에서 적군을 먼 곳으로 유인하기 위해 병을 견디며 신중하게 계획을 세웠다. 이 전략은 그가 생을 마감하는 날까지 계속되었으며, 그는 철저한 계획 아래 자신의 마지막 날을 저 위대한 전투를 준비하는 데 바쳤다.

그는 자기 군대를 원형으로 배치하여 포르투갈 군대를 사방에서 에워쌌고, 이 원형진을 안쪽으로 좁혔다 넓혔다 하면서 전투에 임하고 있는 적을 교란했다(젊은 왕의 용맹스러운 공격으로 전투는 매우 치열했다). 그 때문에 포르투갈 군대는 사방에서 적에 맞서야 했고, 패배한 뒤에도 도망칠 수 없는 신세가 되었다. 그렇게 모든 퇴로가 막힌 상황에 놓인 포르투갈 군대는 뒤로 물러나려 할수록 자기들끼리 뒤엉켰고, "살육을 당해서만이 아니라 도망을 치다 겹겹이 포개어졌다.(티투스 리비우스)" 그렇게 적군의 시신이 겹겹이 쌓여갔고, 포르투갈 군대는 적에게 압도적이고 완벽한 승리를 안겨주고 말았다.

물레이 압델말리크 왕은 죽어가면서도 부축을 받으며 자신이 필요하다고 생각하는 곳곳에서 전쟁을 지휘했고, 도열한 지휘관과 병사들 앞을 지나면서 한 명 한 명에게 격려의 인사를 했다. 또한 자기 군대 일부가 수세에 몰리자 지체 없이 말에 올라타 검을 빼 들기도 했다. 그가 전투에 직접 뛰어들려 하자, 부하들은 말의 고삐며 그의 옷자락, 발걸이를 잡으며 그를 만류했다. 그가 고집을 부리는 바람에 그나마 얼마 남지 않은 그의 기력은 더 쇠했고, 다시 몸져누워야 했다. 의식을 잃고 기절했던 그는 안간힘을 다해 깨어나 자기 죽음을 알리지 말라고 명했다. 자기가 죽었다는 소식을 듣고 혹여 병사들의 사기가 떨어질까 염려했던 것이다. 그렇기에 그 명령은 그 순간 그가 내려야 했던 가장 중대한 명령이었다. 그는 손가락을 입에 가져다 대며 조용히 하라는 흔한 몸짓을 한 채 숨을 거두었다. 죽음의 문턱에서 이토록 굳건한 모습을 보였던 이가 있었던가? 이렇게 꼿꼿하게 서서 죽음을 맞은 이가 있었던가?

　죽음을 가장 담대하고 자연스럽게 받아들이는 궁극의 경지는 단순히 평온하게 죽음을 맞이하는 것이 아니다. 죽음이 가까이 다가왔음을 느끼면서도, 그 순간까지 아무런 걱정 없이 차분하게 자신의 삶을 살아나가는 것이다. 끔찍한 죽음이 바로 가까이에 있음을 마음속에서 느끼고, 죽음의 손을 잡고 있으면서도 여전히 공부하고 잠자는 일에 충실했던 철학자 소 카토처럼 말이다.

가치 있고 즐거운 것, 그게 바로 삶이다

나는 순전히 나만의 개인적인 '어휘집'을 가지고 있다. 어떤 시간이 언짢거나 불쾌할 때, 나는 시간을 '보낸다'라고 표현한다. 그러나 그 시간이 유쾌할 때는 그 시간을 '보내지' 않고 그것을 즐기며 거기 멈춰 서 있다. 불쾌한 시간은 서둘러 '보내고', 즐거운 시간은 잡아두어야 한다.

'시간 보내기'라거나 '시간을 보낸다'라는 일상적인 표현은, 삶을 흘려보내고 피하며 그저 지나가게 두고 비켜서면서 할 수 있는 한 무시하고 도망치는 편이 더 잘 사는 법이라고 믿는 자칭 '현명한' 자들의 평소 생활방식을 고스란히 보여준다. 그들은 마치 삶이 지긋지긋하고 경멸스러운 것인 양 살아간다.

그러나 나는 조금도 동의할 수 없다! 나는 오히려 삶이란 가치 있고 즐거운 것이라 생각한다. 인생의 말년에 와 있는 지금도 여전히 그렇게 생각한다. 자연이 그토록 유리한 조건을 마련해 삶을 부여해주었는데도, 삶을 부담스럽게 느끼거나 헛되이 흘러보낸다면 그 책임은 오직 우리 자신에게 있다. "어리석은 자의 삶에는 기쁨이 없고, 곡절이 많으며, 그저 미래만을 향하고 있다.(세네카)"

나는 미련 없이 삶을 떠날 채비를 하고 있다. 그러나 나는 자연의 계획에 따라 마땅히 잃을 수밖에 없는 것으로서 죽음을 받아들일 뿐, 고통스럽고 견디기 힘든 것으로 받아들이지 않는다. 진정으로 삶을 즐겁게 산 이들만이 죽음을 고통스럽지 않게 맞이할 수 있다. 삶을 즐기려면 거기에 열과 성을 다해야 한다.

나는 남들보다 삶을 곱절로 즐기고 있다. 쾌락에 관한 한, 우리가 거기에 얼마나 집중하는가에 따라 그 정도가 달라진다. 그리고 특히 내 삶이 이토록 짧은 것을 보는 지금, 나는 그 크기를 디욱 크게 하고 싶다. 나는 빠르게 흘러가는 이 삶을 재빨리 붙잡아 멈춰 세우고, 그 시간을 더욱 밀도 있고 의미 있게 사용함으로써 덧없이 흘러가는 시간을 상쇄하고 싶다. 이제 내게 남아 있는 삶이 더욱 짧아졌으니, 더욱 치열하고 더욱 충만하게 살아야 한다.

다른 이들은 만족과 행복에서 즐거움을 느낀다. 나 역시 그렇지만, 그저 스쳐 지나가듯 겉핥기식으로만 느끼지 않는다. 우리는 그런 즐거움을 음미하고 되새기며 그것을 허락해준 이에게 감사드려야 한다. 어떤 이는 다른 쾌락도 잠의 쾌락처럼 즐기며 그것을 인식조차 못 한다. 그래서 나는 잠의 쾌락이 그렇게 멍하니 나를 빠져나가지 않도록, 누군가 나를 깨워주었으면 좋겠다고 생각한 적도 있다. 그렇게나마 어렴풋하게라도 그 쾌락이 무엇인지 알고 싶었다.

나는 만족감을 느낄 때 그에 대해 깊이 생각한다. 그저 슬쩍 스쳐 지나가게 두지 않고 탐구하며 만족감을 느끼지 못하는 무미건조한 내 이성이 억지로라도 그것을 받아들이게 한다. 평온한 상태에 머물러 있을 때 어떤 쾌감이 나를 간질이면 나는 감각이 그것을 가로채게 놔두지 않고 내 영혼을 불러들인다. 쾌감에 휘말리게 하기 위해서가 아니라 그것의 편안함을 맛보게 하기 위해서, 길을 잃게 하려는 게 아니라 오히려 자신의 진정한 모습을 찾게 하기 위해서이다.

그리고 내 영혼이 기분 좋은 상태에서 스스로를 바라보고, 그 속에서 느끼는 행복의 무게를 재고 들여다보면서 그것을 더욱 확장하게 한다. 그때 영혼은 자기 양심과 내면의 정념이 평온하고 육체가 자연스러운 상태임을 인식한다. 또한 신의 정의가 우리를 고통스럽게 하면서도 은혜롭게도 보상해주기 위해 즐겁고 안락한 느낌을 적절하고 절도 있게 누리게 하셨으니, 신에게 얼마나 큰 빚을 지고 있는가를 헤아린다.

영혼은 또한 잔잔한 하늘에 둘러싸인 채 어떤 욕망이나 두려움, 대기를 흔드는 불안도 없이, 과거나 현재, 미래의 어려움도 고통 없이 지나갈 수 있는 곳에 존재한다는 것을 다행으로 여긴다. 나의 처지와 다른 이들의 처지를 비교할 때, 이런 생각은 더욱 확

고해진다. 그래서 나는 운명이나 자신의 실수 때문에 휩쓸리고 흔들리는 사람들 그리고 나와 비슷하지만 자신의 행운을 그토록 무기력하고 무관심하게 받아들이는 사람들을 다양한 관점에서 들여다본다. 그들은 그야말로 자기의 시간을 '보내는' 사람들이다. 그들은 오지 않은 미래, 허황된 꿈, 상상 속에서 보는 허상을 좇느라 현재를 그리고 자신이 가진 것을 도외시한다.

그런 허상은 사후에 떠돌아다니는 유령이나,
잠든 우리의 감각을 속이는 꿈과 같으니.

— 베르길리우스

그런 환영과 허상은 우리가 따라가려 할수록 더욱 서둘러 더 멀리 달아난다. 그 뒤를 쫓으면서 얻을 수 있는 거라곤 계속해서 그 뒤를 쫓는 일뿐이다. 알렉산드로스 대왕이 자신이 고되게 일하는 목적은 일 그 자체라고 말했던 것처럼 말이다. 그런 사람들은 루카누스의 말처럼 생각한다.

아직 할 일이 많으며 아직 아무것도 이루어낸 일이 없다고 믿는다.

— 루카누스 Lucanus[34]

나는 삶을 사랑하고 신이 우리에게 주신 그대로의 삶을 풍성하게 가꾸어간다. 나는 먹고 마실 필요 없이 살기를 원치 않으며, 그렇다고 곱절로 먹고 마시며 살기를 바라지도 않는다. "현자는 자연이 주는 풍요를 열렬히 간구한다.(세네카)" 또한 나는 에파미논다스가 식욕을 억제하고 생명을 유지하기 위해 먹었다는 약간의 약물 같은 것만을 먹으며 살기를 원치 않는다. 또 손가락이나 발뒤꿈치로 어수룩하게 아이를 만드는 것도 바라지 않는다. 아니, 다시 곰곰이 생각해보니 손가락이나 발뒤꿈치로라도 아이를 만드는 편이 낫겠다. 그렇게라도 온전한 쾌락을 맛볼 수 있다면 말이다!

나는 육체가 아무런 욕망도 자극도 느끼지 않기를 바라지 않는다. 그러길 바란다면 그것은 배은망덕하고 당치 않은 불평이다. 나는 자연이 나를 위해 한 일을 기꺼운 마음으로 받아들이고 감사하게 여긴다. 그것이 내게 어울리는 삶이며, 나는 그런 삶에 만족한다. 저 위대하고 전능한 분이 우리에게 주신 것을 마다하고 쓸모없게 여기며 훼손한다면 그분을 부당하게 대하는 것이다. 만물은 선하다. 그분은 만물을 선하게 지으셨다. "자연에 순응하는 모든 것은 존경받아 마땅하다.(키케로)"

철학의 원칙 중에서도 나는 가장 견고한 것, 즉 가장 인간적이고 우리가 쉽게 받아들일 수 있는 원칙을 더욱 기꺼이 받아들인다. 내 견해는 내 성정과 행동에 걸맞게 겸손하고 소박하다. 고압적인 모습으로 설교를 하려 들면서 신성과 세속, 이성과 비이성, 엄격함과 관대함, 정직함과 부정직함의 조화를 비속하다고 주장하는 철학은 매우 수준 낮은 철학이다.

육체적 쾌락은 짐승이나 추구하는 것이라 현자가 경험하기에는 부적절하며 젊고 아름다운 아내와의 즐거운 잠자리에서 얻어야 하는 유일한 쾌락은, 기마 여행을 위해 장화를 챙겨 신듯이 순리에 따라 행동하고 있다는 의식에서 오는 즐거움뿐이라고 말하는 철학 역시 매한가지다. 이런 철학의 원칙을 따르는 자는 바라건대 아내와 첫날밤을 치를 때, 그 철학이 가르치는 것 이상으로 꼿꼿하지도, 활력도 정액도 내뿜지 않기를!

철학의 스승이자 우리의 스승인 소크라테스가 우리에게 말한 것은 그런 것이 아니다. 그는 육체의 쾌락을 충분히 인정하면서도 정신의 쾌락에 더 무게를 두었는데, 그것이 더욱 힘차고 의연하며 안락하고 다양하며 존귀해서였다. 소크라테스가 말하는 바는 정신의 쾌락만이 중요하다는 것이 아니라(그는 그렇게 현실감각이 없지 않다!), 그것이 첫 번째가 되어야 한다는 것이다. 소크라테스에게 절제는 쾌락의 적이 아니라 그 중재자이다.

자연은 다정한 안내자이지만, 무엇보다 지혜롭고 올바른 안내자이다. "자연의 본성을 깊이 통찰하고 그것이 요구하는 바를 정확하게 알아야 한다.(키케로)" 나는 어디서든 자연의 흔적을 따르려 한다. 그런데 우리는 거기에 인위적인 흔적을 덧붙여 뒤죽박죽으로 만들었다. 그래서 아카데미아학파와 소요학파*는 자연에 순응하는 삶을 '최고선'으로 여겼는데도, 그 범위를 규정하고 납득시키는 데 애를 먹었다. 이는 자연과 조화를 이루는 것을 궁극적 목표로 삼은 스토아학파도 마찬가지였다. 어떤 행위들이 우리에게 반드시 필요하다는 이유로 품위가 떨어진다고 여긴다면 그릇된 생각이 아니겠는가? 나는 우리가 필요해서 하는 행위에도 쾌락이 함께해야 한다는 생각을 결코 바꾸지 않을 것이다. 한 선인**이 말한 것처럼, 신조차도 언제나 필요에 의해 음모를 꾸미지 않았던가.

우리는 왜 이처럼 긴밀하고 다정하게 어우러져 하나로 뭉쳐 있는 육체와 정신을 억지로 떼어 놓으려 할까? 이제 그 둘이 서로 도우며 하나로 뭉칠 수 있게 하자. 정신은 육체의 무거움을 깨워 활기차게 만들고, 육체는 정신의 가벼움을 붙잡아 한곳에 머무르게 하자. "누구든 영혼을 최고선으로 찬양하고 육체를 악하다고 비난하는 자는, 사실 영혼을 물질적으로 존중하는 것이며, 물질적으로 육체를 멀리하는 것이다. 이는 신의 진리가 아닌 인간의 허영에 따른 판단일 뿐이다.(성 아우구스티누스)"

신이 우리에게 주신 현재라는 선물에서 소홀히 해도 좋은 부분은 없다. 우리는 자신의 머리카락 한 올까지도 책임을 져야 한다. 인간으

---

*   아카데미아학파는 아네테 북서쪽에 위치한 아카데미아라는 장소에 플라톤의 제자들이 모여 공부한 데서 붙은 이름이다. 소요학파, 또는 페리파토스(그리스어로 '산책하다'는 의미)학파는 아리스토텔레스가 정원을 거닐며 제자들을 가르쳤다는 데서 붙은 이름이다.
** 『플라톤』에서 시모니데스Simonides는 "신은 결코 필요에 맞서 싸우지 않을 것이다"라고 말한다.

로서 올바르게 행동하는 것이 단순히 형식적으로 주어진 과제가 아니라는 점을 인식해야 한다. 그것은 창조자께서 진지하고 엄숙하게 우리에게 부여한 것이므로, 명백하고 지당하며 가장 중요한 과제이다.

신의 권위만이 범속한 정신을 다스릴 수 있으며, 권위는 낯선 언어로 표현될 때 더 큰 무게를 가진다. 우리가 얼마나 어리석은지를 잘 보라. "해야 할 일을 뭉그적대며 마지못해서 하고, 몸은 이쪽으로, 정신은 저쪽으로 밀어내면서 서로 모순된 두 가지 움직임 사이에서 갈팡질팡하는 것이야말로 어리석음의 본성이 아니겠는가?(세네카)"

그러니 육체를 경시하는 자가 있다면, 그 사람의 머릿속에 있는 생각이며 잡념에 대해 이야기하라고 해보라. 먹는 데 쓰는 시간이 아까워 잘 차려진 식사도 거른 채 골몰하고 있는 그 생각을 말이다. 그러면 그의 영혼이 하는 이야기가 식탁 위의 어떤 음식보다도 더 싱겁고 맛없다는 사실을 알게 될 것이다(더구나 대개, 그 이야기를 듣다 잠들지 않으려고 정신을 바짝 차리고 있으니 차라리 아예 자버리는 편이 더 낫다). 또한 그의 말과 의도가 앞에 놓인 고기 스튜보다 나을 것이 없다는 사실을 깨닫게 될 것이다. 설령 그것이 아르키메데스 같은 위대한 사상가가 느꼈던 깊은 통찰의 황홀경이라 해도, 그래서 뭐 어쩌라는 말인가?

나는 우리를 본질에서 벗어나게 하는 헛된 욕망과 사유에는 가담하지 않으려다. 대신 나는 신성한 것에 대해 꾸준하고 성실하게 묵상하고 신심과 종교적 열정으로 영혼을 고양시킨 이들에게 주목한다. 그들은 기독교인이 추구하는 최종 목표인 변질되지 않는 영원한 양식을 미리 맛본 사람들이다. 이러한 위대한 영혼은 물질적이고 변덕스러운 것에 집착하지 않으며, 육체의 감각적 욕구와 쾌락을 단순히 육체에 맡겨둔다. 이러한 특권을 가진 영혼이 전념하는 것이 바로 이와 같은 것들이다. '저 높이에 있는 하늘'의 생각과 '저 아래에 있는 땅'의 행동이 어떻게 조화롭게 공존할 수 있는지, 평범한 이들 사이에 있는 나는 언제나 그것을 궁금해하며 주의 깊게 관찰해왔다.

저 훌륭한 사람 이솝은 어느 날 자기 주인이 산책을 하다가 오줌 누는 모습을 보았다. 그는 속으로 생각했다. '저게 뭐람? 그럼 똥은 달리면서 싸야 하나?' 시간은 절약해서 써야 한다. 우리에게는 여전히 낭비되는 시간이 많다. 우리 정신은 육체가 기본적인 필요를 충족시키는 그 잠시 동안에도 육체와 분리되어 자기 일을 계속해야 한다.

철학자가 자기 자신과 인간에게서 벗어나려 하는 것은 미친 짓이다. 그것은 천사가 아닌 짐승이 되는 길이며, 높아지는 것이 아니라 낮아지는 길이다. 현실을 초월한 그런 태도는 저 높은 곳에 있어 다가가기 힘든 장소처럼 나를 질리게 한다. 소크라테스의 삶에서 그의 황홀경과 다이모니온만큼 이해하기 어려운 것도 없듯이, 플라톤이 '신성한' 사람이라 불린 이유처럼 인간적인 것도 없다.

모든 학문 중에서 가장 높은 곳에 있는 학문이 내게는 지극히 현실적이고 가장 낮은 곳에 있는 것처럼 보인다. 마찬가지로 알렉산드로스 대왕의 불멸 욕망만큼 하찮고 허망한 것도 없다. 필라토스 장군에게 그가 서신을 보내, 주피터 암몬 신의 신탁을 통해 자신이 신들 사이에 자리하게 되었다고 기뻐했을 때, 필라토스는 그를 신랄하게 꼬집는 답신을 보냈다.

"자네 일은 나도 무척 기쁘네만, 인간의 한계를 넘어서고 인간인 데 만족하지 않는 사람과 함께 살아가며 복종해야 하는 이들이 참으로 안타깝다는 생각이 드네."

폼페이우스가 자기 도시에 온 것을 기념하여 아테네 사람들이 새긴 멋진 비문은 내 생각과도 일치한다.

그대가 그저 한 인간임을 인정하는 한, 그대는 신이다.

— 플루타르코스Plutarch[35]

있는 그대로의 자신에 만족할 줄 아는 것이야말로 티 없는 완벽함이자 신성함이라 할 수 있다. 우리는 자기만의 존재 방식을 알려고 하지 않기 때문에 다른 방식을 찾아 나서고, 우리 안에서 일어나는 일을 알지 못하기 때문에 자기 자신으로부터 벗어나려 한다. 제아무리 긴 나무 막대기 꼭대기에 올라선다 해도, 결국 자신의 다리로 걷기는 매한가지다. 세상에서 가장 높은 왕좌에 앉아 있다 해도, 결국 제 엉덩이 위에 앉아 있는 것뿐이다.

내 생각에 가장 아름다운 삶은 평범하고 인간적인 모습에 걸맞은 삶, 특별하거나 과도하지 않게 순리에 따라 사는 삶이다.

1   세네카(기원전 4~65), 후기 스토아 철학을 대표하는 고대 로마 제정시대 정치가이자 극작가. 젊은 시절부터 웅변가로 명성을 날렸고, 말년에는 네로Nero 황제의 스승이 되었다. 세네카의 철학적 저서는 특히 16~18세기에 큰 사랑을 받으며 널리 읽혔고, 특히 몽테뉴에게 강한 영향을 주었다.

2   마르실리오 피치노Marsilio Ficino가 번역한 플라톤의 『티마이오스Timaios』에서 발췌.

3   키케로(기원전 106~기원전 43), 로마의 정치인, 변호사이자 작가. 뛰어난 웅변가로 유명하며 정치, 철학, 웅변 등 다양한 분야의 책을 남겼다. 『수사학』 『국가론』 『의무론』 『노년에 관하여』 『우정에 관하여』 등이 유명하다.

4   호라티우스(기원전 65~기원전 8), 베르길리우스Publius Vergilius Maro와 함께 로마제국 초대 황제 아우구스투스 시절에 활동한 유명 시인. '이 순간에 충실하라'는 뜻의 라틴어, '카르페 디엠Carpe diem'이 호라티우스의 시에서 처음 등장한다.

5   클라우디아누스(370?~404?), 로마의 궁정시인.

6   루크레티우스(기원전 99~기원전 55), 고대 로마의 시인이자 철학자. 『사물의 본성에 관하여』는 현재까지 전해져오는 에피쿠로스학파의 몇 안 되는 텍스트로 알려져 있다.

7   베르길리우스(기원전 70~기원전 19), 고대 로마의 시인. 최고의 라틴어 문학가라고 불리며 역사에 남을 위대한 작가 중 한 명으로 평가받는다. 『농경시The Georgics』, 『전원시Eclogae』, 『아이네이스』, 세 작품만이 베르길리우스의 작품으로 인정받는다.

8   에티엔 드 라 보에시(1530~1563), 프랑스의 법률가이자 철학자, 작가. 몽테뉴의 친구로서, 전체주의에 반항하는 자유를 강조한 선구적인 책 『자발적 복종』으로 유명하다.

9   티불루스(기원전 55?~기원전 19?). 고대 로마의 시인으로 아름다운 목가조의 시를 남겼으며, 최고의 비가悲歌 시인으로 꼽는다.

10 테렌티우스(기원전 195~기원전 159), 고대 로마 초기의 희극작가로 단순
하고 세련된 어휘를 구사하여 후세에 격언이 된 명구를 많이 남겼다. "현인
에게는 한마디면 족하다", "사람의 수효만큼 의견이 있다", "나는 돈을 주고
희망을 살 생각은 없다" 등이 그가 남긴 유명한 말이다.

11 대大 플리니우스Gaius Plinius Secundus, 『박물지Historia Naturalis』.

12 페르시우스(34~62), 고대 로마의 풍자시인으로 여섯 편의 풍자시를 남겼
다. 스토아 사상을 신봉하여 덕을 추구하는 근엄한 태도를 보였다.

13 프로페르티우스(기원전 50?~기원전 16?), 고대 로마의 서정시인으로 연애
시를 주로 썼으며, 대표작 『서정시집Elegiae』은 괴테나 바이런 등에 큰 영향
을 끼쳤다.

14 보나방튀르 데 페리에Bonaventure des Périers, 『재미있는 이야기Nouvelles
recréations』.

15 플루타르코스, 『브루투스 전기』 8장에서 발췌 및 인용.

16 오비디우스(기원전 43~기원후 17), 고대 로마의 시인. 서사시 『변신 이야
기』가 가장 유명하며, 다채롭고 자유분방한 연애시도 많이 썼다.

17 플루타르코스, 『영웅전』 리쿠르고스 편.

18 티투스 리비우스Titus Livius Patavinus, 『로마사』.

19 장 드 주앵빌Jean de Joinville, 『회고록Mémoires』.

20 헤로도토스Herodotos, 『역사』.

21 뒤 벨레Du Bellay, 『회고록Mémoires』.

22 귀차르디니Guicciardini, 『이탈리아 역사Histoire d'Italie』.

23 마르티알리스(40?~103?), 고대 로마의 풍자 시인. 『에피그람집Epigram
mata』 전 14권에 당시 온갖 인물과 사건을 사실적이고도 풍자적으로 묘사
했다.

24 루키아노스(125~180), 로마시대 그리스 문학의 대표적 단편 작가. 가벼운 문명비평과 통렬한 풍자로 대중의 호평을 받았다.

25 세네카, 『서간집』.

26 『티마이오스』, 『카르미데스』.

27 마닐리우스(생몰년 미상), 1세기경의 로마 시인으로 『천문Astronomica』이라는 제목의 서사시체 교훈시 다섯 권을 썼다.

28 헤로도토스, 『역사』.

29 플루타르코스, 『스파르타인들의 말Dits des Lacééoniens』

30 마크로비우스(생몰년 미상), 400년경에 활약한 로마의 문헌학자이자 철학자. 『사투르날리아Saturnalia』(전 7권)는 고대의 역사, 철학, 문법, 신화, 잡론 등을 모은 소백과적 논집으로 대화체 형식을 취하였다. 특히 베르길리우스에 관한 내용이 많은데 그를 완전한 수사가로 찬양했다.

31 세네카, 『서간집』.

32 티투스 리비우스, 『로마 건국사』.

33 유베날리스(55?~140?), 로마의 시인으로 부패한 사회상을 풍자하는 시를 많이 남겼다.

34 루카누스(39년~65년), 로마의 정치가이자 서정시인, 철학자이다. 세네카의 조카이기도 하다. 대부분의 작품은 망실되었으나, 케사르와 폼페이우스와의 내분을 취급한 서사시 『파르살리아Pharsalia』가 남았으며, 이는 역사서로는 과장이 심하기는 하나 베르길리우스의 『아이네스Aeneis』의 뒤를 잇는 명작으로 꼽힌다.

35 플루타르코스(46년~119년 이후), 『영웅전』 저자로 알려진 고대 그리스 시대의 철학자이자 정치가, 작가이다. 『영웅전』은 고대 그리스와 로마 공화정, 로마제국의 널리 알려진 인물에 대한 위인전으로, 당시 상황과 오늘날에는 거의 잊힌 인물에 대해서도 소상히 알 수 있는 중요한 기록이다.

인간들이여, 그대들이 그대의 죽음이 언제 올지,
어떤 길로 올지 알려고 해 봤자 소용없다.

— 프로페르티우스

생각과 마음이 움직이는 것보다 빠른 것은 이 세상에 없으니,
자연이 우리의 감각과 눈에 보여주는 모든 것은
끊임없이 변하는 우리의 마음보다 빠르지 않으리라.

– 루크레티우스

우리를 더 큰 실수로 내모는 것은
실수에 대한 두려움이다.

– 호라티우스

우리는 죽음을 걱정하느라 삶을 어지럽히고,
삶을 걱정하느라 죽음을 엉망으로 만든다.
삶은 우리를 괴롭히고, 죽음은 우리를 겁먹게 한다.

우리가 대비하는 것은 죽음이 아니다.
그것은 너무나 순식간에 벌어지는 일이기 때문이다.

후유증도, 다른 피해도 없는 15분 정도의 고통에
무슨 특별한 가르침이 필요하겠는가.

실상 우리는 죽음 자체보다
그것을 대비하는 데서 오는 불안과 두려움에 얽매인다.

이렇게 흘러가는 시냇물은 보라.
끝없이 돌고 도는 물줄기는
영원의 길을 따라 열을 지어
한 물줄기가 다른 물줄기를 따르고 또 다른 물줄기는 앞서간다네.
이 물줄기는 저 물줄기를 밀어내고
저 물줄기는 다른 물줄기에 뒤쳐진다네.
언제나 물줄기는 물줄기 속으로 들어가니,
항상 같은 시냇물이면서 늘 다른 물줄기라네.

ESSAI 1

좋은 죽음에 관하여

1판 1쇄 인쇄 2024년 10월 30일
1판 2쇄 발행 2025년 2월 12일

지은이 미셸 에켐 드 몽테뉴
옮긴이 박효은
기획자문 정재찬
펴낸이 김영곤
펴낸곳 (주)북이십일 아르테

정보개발팀장 이리현 **정보개발팀** 강문형 이수정 김민혜 박종수 김설아
교정교열 신혜진 **디자인** 표고프레스
출판마케팅팀 남정한 나은경 한경화 최명열 권채영
영업팀 변유경 한충희 장철용 강경남 최유성 김도연 황성진
제작팀 이영민 권경민
해외기획팀 최연순 소은선 홍희정

출판등록 2000년 5월 6일 제406-2003-061호
주소 (10881) 경기도 파주시 회동길 201(문발동)
대표전화 031-955-2100 **팩스** 031-955-2151 **이메일** book21@book21.co.kr

ⓒ 미셸 에켐 드 몽테뉴, 2024
ISBN 979-11-7117-864-3 03860
KI신서 13086

(주)북이십일 경계를 허무는 콘텐츠 리더

21세기북스 채널에서 도서 정보와 다양한 영상자료, 이벤트를 만나세요!
페이스북 facebook.com/jiinpill21   **포스트** post.naver.com/21c_editors
인스타그램 instagram.com/jiinpill21   **홈페이지** www.book21.com
유튜브 youtube.com/book21pub

함께 읽으면 좋을 아르테 세계문학 시리즈

클래식 라이브러리
또 다른 세계로 가는 문학의 다리